KB113840

Red Chronicle

레드 크로니클

FUSION FANTASTIC STORY

김현우 퓨전 판타지 소설

레드 크로니클 7권

김현우 퓨전 판타지 소설

초판 1쇄 찍은 날 § 2014년 3월 31일
초판 1쇄 펴낸 날 § 2014년 3월 31일

지은이 § 김현우
펴낸이 § 서경석

편집부장 § 권태완
편집책임 § 정수경

펴낸곳 § 도서출판 청어람
등록번호 § 제387-1999-000006호
등록일자 § 1999. 5. 31
어람번호 § 제1-1814호

주소 § 경기도 부천시 원미구 심곡2동 163-2 서경B/D 3F (우) 420-822
전화 § 032-656-4452팩스 § 032-656-4453
http://www.chungeoram.com
E-mail § chungeorambook@daum.net

ISBN 979-11-5681-947-9 04810
ISBN 978-89-251-3523-6 (세트)

레드 크로니클

Red Chronicle

김현우 퓨전 판타지 소설

FUSION FANTASTIC STORY

7

도서출판 청어람

CONTENTS

제1장
폭풍 전 고요

티엘의 말을 들은 클레디오 백작의 표정은 석고상처럼 딱딱하게 굳어 있었다. 날카로운 그의 안광이 뿜어지면서 방 안의 분위기가 가라앉았다.

"내가 드래곤의 노예가 된다고?"

"믿음 여부는 이야기하지 않지. 내가 네게 거짓을 말할 이유가 있나?"

"이유는 없겠지."

"……"

다시 침묵이 감돌았다.

클레디오 백작은 지금 상황을 되짚어보기 여념이 없었고, 티엘은 과거에 있던 일을 되짚어보면서 깊은 생각에 잠겨 있었다.

'분명 문제는 없다.'

전생의 일이다.

당시에 클레디오 백작은 치열한 전쟁 속에서 목숨을 잃었다.

그의 목숨을 빼앗은 당사자는 새로운 권력자로 급부상한 레디븐 백작이었다.

권력을 움켜쥔 그는 당시 최강의 검사로 군림하던 클레디오 백작을 눈엣가시처럼 여겼고, 그것은 전쟁으로 들불처럼 번졌다.

그 어떤 검사도 클레디오 백작을 상대하지 못했다. 하지만 수많은 기사와 병사가 몸을 던졌고, 모든 힘을 소진한 클레디오 백작은 전설이란 이름에 어울리는 장렬한 최후를 맞이한다.

대수롭지 않게 여긴 사실이었지만 한 가지 의문이 티엘의 뇌리에 스치고 지나갔다.

'드래곤 하트의 힘은?'

블랙 드래곤이 중간계에 강림하기 위한 힘의 원천.

숙주인 클레디오 백작이 죽었다면 무언가 변고가 일어나

야 하는 것은 당연한 일이다.

하지만 그에 대해 전해지는 사실은 아무것도 없었다.

이해가 되지 않는 상황.

티엘이 생각에 잠겨 있는 사이, 침묵하고 있던 클레디오 백작이 입을 열었다.

"그럼 난 어떻게 해야 되지?"

"어떤 대답을 듣고 싶나."

"말 그대로다. 블랙 드래곤의 노예가 되지 않으려면 어떻게 해야 하지."

"간단하다. 블랙 드래곤의 간섭에서 벗어날 수 있을 만큼 실력을 기르는 것이 일이 되겠지."

"지금으로도 모자란단 말인가?"

자신을 얕잡아 보는 말이기에 클레디오 백작의 표정은 딱딱하게 굳어 있었다.

티엘은 오히려 피식 웃으며 대답했다.

"그럼 그 정도로 만족하고 있었나?"

"……."

"인간의 힘이 아닌 것을 품고 있으면서 인간의 틀을 벗어던지지 못한 것 자체가 우스운 일이다. 인간의 한계 정도는 진즉에 벗어던져야 했지. 하지만 상대가 없다는 핑계로 게으름을 부렸겠지."

"어떻게 알았지?"

"절대자의 어설픈 고독감이란 건 그런 것이니까."

그런 감정 따위 느껴본 적 없지만 그가 느낀 감정이 무엇인지 정도는 알고 있었다.

"드래곤의 힘을 품고 인간의 그릇을 고집하는 것이 아집이다. 그 부분의 틀을 깨고 온전히 자신의 힘으로 만든다면 블랙 드래곤이 간섭하고 싶어도 여지를 남겨두지 않겠지."

"그렇군. 좋은 조언을 들었다."

클레디오 백작은 티엘의 말을 신뢰하는 것은 아니었다.

그러나 그는 누구도 눈치채지 못한 비밀을 알아차렸다.

가끔씩 귓가에 울려 퍼지는 달콤한 유혹.

더 큰 힘을 손에 쥘 수 있도록 권유하는 존재가 블랙 드래곤임을 눈치챈 그였다.

그 부분까지는 모르는 티엘이었지만 클레디오 백작이 어떤 고민을 하고 있는지 정도는 알고 있었다.

"노력하지 않고 얻은 힘의 유혹에 견뎌내면 된다. 큰 힘이 가져다주는 유혹을 얼마나 견뎌내는지 즐거운 마음으로 지켜보지."

"실망시키지 않지."

그 말을 끝으로 클레디오 백작은 자리에서 몸을 일으켰다.

그러다 무슨 생각인지 티엘을 바라보며 물었다.

"다시 찾아와도 되겠나?"

"그건 곤란한데, 난 이제 신혼이라."

"……."

딱딱하게 굳은 클레디오 백작의 눈이 티엘에게 고정되었다.

입가에 미소를 띤 그가 어깨를 으쓱하며 말했다.

"농담이다. 네 자신이 힘에 취하는 것이 느껴지면 언제든지 찾아오도록. 앞으로 가야 할 길이 얼마나 멀었는지 친절하게 알려주지."

"…기대하지."

자존심을 깔아뭉개는 말이 아닐 수 없었지만 클레디오 백작은 느릿하게 고개를 끄덕인 뒤 자리를 벗어났다.

그가 밖으로 나선 곳을 바라보던 티엘은 인상을 지그시 찌푸리며 중얼거렸다.

"블랙 드래곤이라, 새로운 변수로군."

예상치 못한 드래곤 하트의 존재 때문에 여러 가지 생각이 머릿속에 맴돌고 있는 티엘이었다.

결혼식을 올린 뒤에도 티엘의 생활에 크게 바뀐 점은 없었다.

두 명의 부인을 두고 매일 즐거운 나날을 보내면서 그토록 원하던 유유자적한 삶을 차츰 즐기고 있던 것이다.

클리멘트 남작의 합류 이후, 귀찮은 일이 눈에 띄게 줄어들기 시작했는데, 기존의 가문 인물이 아니라 중도에 합류한 만큼 의욕적으로 업무를 처리해 나가고 있었다.

그 결과 티엘은 유유자적 그 자체.

다른 것에 신경 쓰지 않고 평화롭게 하고 싶은 일만 하면서 시간을 보낼 수 있었다.

"이것 좀 드셔보세요."

"아아."

매일 집무실에 틀어박혀 있던 삶을 청산하고 연무장에서 시간을 보내던 티엘을 찾아온 것은 크레티아였다.

활발한 성격인 그녀는 결혼 후, 본격적으로 가문의 일에 관여하면서 왕성한 움직임을 보이고 있었다.

로웰린이 뒤에서 중심을 잡아준다면 그녀는 활발함을 바탕으로 조금씩 가문의 대소사를 휘어잡고 있었다.

티엘의 여인이 된 둘은 공통점을 지니고 있었는데, 바로 오래전부터 안주인이 없던 가문의 살림을 도맡아 했다는 점이다.

로웰린이나 크레티아 모두 가문의 살림을 챙기는 데 해박했고, 그것은 마리아나 실비아의 도움을 빌리던 체제를 벗어날 수 있게 해주었다.

모두 긍정적인 상황이었고, 티엘이 다른 것에 신경 쓰지 않는 나날이 조금씩 완성되어 가고 있었다.

티엘이 연무장에 있는 날이 길어지자, 크레티아가 과일을 싸들고 찾아온 것이다.

하지만 당혹스러운 것은 그다음이었다. 포크로 과일을 찍어 든 그녀가 티엘에게 내민 것이다.

"나도 손이 있는데."

"연인들은 이렇게 해야 한다고 했어요."

"그래?"

"네! 데이트에서 연인들은 서로에게 음식을 먹여줌으로써 애정을 과시한다고 했어요."

"그렇군."

크레티아의 논리정연한 설명에 순순히 납득한 티엘은 그녀가 내미는 과일을 먹었다.

"저도요."

"꼭 해야 하나?"

"네! 남들과 같은 연인이 되기 위해서는요."

"그렇군."

입가에 미소를 짓고 있는 그녀를 보며 티엘은 슬쩍 표정을 찌푸렸다.

모든 것은 결혼 후, 로웰린과 크레티아의 부탁을 들어주면서 일어났다.

정숙한 로웰린이야 다른 말을 하지 않았지만 크레티아는 달랐는데, 결혼 전 연인이 누려야 할 것들을 누리지 못했다면서 좀 더 다정하게 대해줄 것을 부탁한 것이다.

그 부분에 대해 티엘른 큰 고민 없이 수락했고, 그 결과 이런 오글거리는 행동을 해야만 했다.

"너무 맛있어요."

티엘이 내민 과일을 냉큼 한 입 먹은 크레티아가 행복한 표정을 지으면서 몸을 비비 꼬았다.

자신이 먹을 때 보인 반응과 너무 상반되어 티엘이 벙찐 표정을 지을 정도였다.

한 조각 들어 맛을 보았지만 방금 전과 크게 다르지 않았다.

"같은 과일인데."

"그래도 자기가 먹여주는 과일이라서 그런지 너무 맛있는 걸요."

"그런가."

"네! 그러니 하나 더 먹여주세요."

"……."

당돌한 크레티아의 요구는 끝나지 않았다.

전투적인 그녀와의 시간을 보낸 티엘은 연무장 중앙에 앉아 고개를 저었다.

"어렵군."

평범한 연인의 모습을 해낸다는 것은 결코 쉬운 일이 아니었다.

이미 결혼식을 올리고 두 여인이 남들보다 각별해졌지만 아직까지 남들이 말하는 연애 감정이 무엇인지 이해하기 힘든 티엘이었다.

그래서 최대한 연인들이 하는 행동을 따라 하고자 했고, 기꺼운 마음으로 임해주고 있지만 아직은 이게 옳은 것인지 이해할 수 없었다.

"균열이라……."

최근 연무장에 틀어박혀 시간을 보내는 이유는 여러 가지가 있었지만 가장 큰 이유는 고대 유적에서 들었던 균열에 관련된 내용이었다.

자신이 얻은 '공간검'이라는 것과 차원 간의 균열이라는 것에 연결점이 느껴졌던 것.

깨달음을 얻고 운용하게 된 검이 차원과 차원의 벽을 없애주는 것이라면 이는 재앙과도 같다는 걸 의미했다.

후대의 인물인 자신에게 신신당부하던 그 목소리를 떠올리면서 티엘은 피식 웃었다.

"마나의 밀도가 줄어든 상황에서 나 같은 인물이 등장할 것을 예견한 것도 재미있는 일이지."

대기의 마나 밀도가 줄어들게 되면 마나 연공법의 효율이 떨어지게 마련이고, 자연히 육체가 담아낼 수 있는 양이 정해지면서 성취도가 낮아질 수밖에 없다.

과거 마도시대에 무수히 많던 그랜드 마스터나 9단계 마법사가 모습을 드러내지 않는 것도 같은 맥락이었다.

"차원의 균열을 없앨 수 있다면 더 쌓아두는 것도 가능한 일이겠지."

티엘이 고민하는 것은 바로 그것.

남들처럼 사명감에 사로잡혀 거창하게 영원히 마계나 천계의 존재가 차원을 넘어올 수 없도록 만들겠다는 내용이 아니었다.

그저 간단한 취미와도 같은 것.

이미 과거에 공간검으로 마계나 천계의 문을 열었음에도 또다시 시도하여 과거로 넘어온 것이 그였다.

다른 사람의 고통에 둔감하고, 크게 신경을 쓰지 않는 만큼 공간검을 이용한 차원의 균열을 만들어내는 것은 새로운 도전 과제로 여기는 것 그 이상 그 이하도 아니었다.

"영웅 같은 걸 해봤자 뭐가 좋다고."

본심은 바로 그것.

비록 원인을 제공했지만 해결하는 데 큰 공을 세우면서 융숭한 영웅 대접은 실컷 받아보았기에 관심이 없었다.

어머니의 바람이었던 결혼도 했고, 실비아도 그윈과 행복하게 살아가고 있는 모습을 보았으니 남은 것은 차원의 균열과 공간검의 관계를 풀어내는 것뿐이었다.

"마계의 침공과 클레디오 백작을 보면 전혀 상관이 없는 건 아닌데."

무수히 많은 마수가 침공을 개시했지만 블랙 드래곤의 존재는 어디에도 없었다.

티엘이 진정으로 궁금한 부분도 바로 그것이다. 그래서 클레디오 백작을 좀 더 강화시켜 블랙 드래곤이 어떤 꿍꿍이를 품고 있는지 알아낼 생각이었다.

가벼운 마음으로 연무장을 나섰던 티엘은 마리아에게 인사를 하러 갔다가 예상치 못한 난관에 봉착해야만 했다.

"아이요?"

"그래, 언제 널 닮은 아이를 낳을 거니."

"음."

"네 아버지가 기반을 쌓고 너의 대에 이르러 가문이 성세를 누리고 있지만 그것이 언제까지 이어질 거란 보장은 할 수 없잖니."

"알고 있습니다."

힘을 쌓는 것은 어렵지만 잃는 것은 순식간이었다.

그 정도 이치를 모른다는 것은 말도 안 되는 일이다.

"후대에도 가문의 힘을 유지하려면 후계 구도를 확실하게 잡아놓아야 한다는 것이 이 어미의 생각이란다. 내가 너무 조급해하는 거니?"

"아니요."

티엘은 고개를 저었다. 한평생 가문을 걱정하던 마리아가 그 부분을 걱정하는 것은 당연했다. 그리고 그는 자신이 착각하고 있었음을 깨달았다.

마리아의 바람은 아직 완전히 이루어지지 않았다.

그녀는 자신이 혼인을 하고 알콩달콩 잘사는 것도 바라고 있었지만 자식을 낳아 가문이 후대에도 나아갈 수 있는 기반을 구축하길 원했다.

세 명의 천재 책사가 존재하고, 뛰어난 기사가 많다고 해도 결국 당대에 한정될 뿐이었다.

'나태해졌군. 마음이 풀어졌음인가.'

모든 것을 다 이루었다고, 더 이상 신경 쓸 것이 없다고 미리 결정을 내렸던 자신의 행동이 어리석게만 느껴졌다.

"노력하도록 하겠습니다."

"부탁하마."

"예."

티엘이 고개를 끄덕이며 대답했다.

그것은 가문에 불어오는 거대한 폭풍의 시작이었다.

로웰린과 크레티아는 눈을 동그랗게 뜨고 티엘을 바라보고 있었다.

갑작스러운 부름에 응하기는 했지만 그의 입에서 흘러나온 말은 예상을 뛰어넘는 것이었던 것이다.

"아이요?"

"그래."

"무, 물론 저도 아이를 간절히 원하고는 있지만……."

대답하는 크레티아의 얼굴이 붉어졌다. 결혼을 하고 볼 것 다 본 사이였지만 이런 사실을 적나라하게 언급해야 한다는 사실이 여전히 부끄러웠다.

하지만 정작 부끄러움을 탈 것 같던 로웰린은 안색 하나 바꾸지 않고 말했다.

"저는 원하고 있어요."

"어, 언니!"

"뭐가 부끄러운 사실이라고 그러니."

"언니는 안 부끄러워요?"

"물론 부끄러워."

'전혀 부끄러워하는 기색이 아닌데.'

목구멍까지 치민 말을 애써 집어삼키는 그녀였다. 결혼을 한 뒤 로웰린은 한층 정숙해졌지만 부부 관계의 적나라한 상황에 대해서는 거침없이 말을 하고는 했다.

"아이를 갖는 것에 대해서 압박을 받을 필요는 없다."

"예?"

"하지만 어머니가 원하고 계시지. 그러니 그 부분에 대해 충실할 생각이다."

티엘은 후계자 부분에 대해서 전혀 개의치 않았다. 아직 그는 이십대 중반의 나이에 불과했고, 산 날보다 살아갈 날이 더 많았다. 오히려 후계자가 일찍 태어나면 훗날 후계 구도가 복잡해질 우려가 있었다.

"……."

그 말을 들은 두 여인의 얼굴이 홍당무처럼 달아올랐다. 다른 말이 아닌 티엘의 '충실한'이란 단어가 부끄러움을 자아내게 만들었다.

"그러니 부끄러워하지 말고… 음?"

"저, 전 좋아요."

"언니! 그 대답은 내가 하려고 했다고."

선수를 빼앗긴 크레티아가 목소리를 높였지만 로웰린은 듣지 못한 척 고개를 돌려 외면하였다.

티격태격하는 두 여인의 모습을 바라보며 티엘은 의아한 표정을 지을 뿐이었다.

티엘이 가문의 일에서 손을 떼기 시작하면서 로운 백작가는 가신 중심으로 돌아가기 시작했다.

그중 가문 내에 가장 큰 권한을 가진 것은 가스론 자작을 중심으로 한 행정부 가신단이었고, 영지의 전체적인 상황을 조율하는 것은 군사부였다.

단 네 명에 불과했지만 군사부가 가문에 끼치는 영향은 실로 방대했다.

클리멘트 남작, 제이론 슈마커 남작, 토릭슨 에조 남작이라는 세 명의 천재 책사가 포진해 있었으며, 그들의 의견을 조율하는 켄드는 중심을 절묘하게 잡아냈다.

거기에 그치지 않고 무력을 대표하는 마블론과 렉스터 남작의 실력은 헤인조 지방을 넘어 제국 전체에 울릴 정도로 괄목할 성장을 이뤄냈다.

최종 결정 사안을 살피는 것 외에 사실상 가문의 일에 손을 떼었지만 티엘의 존재감은 여전히 가문 내에서 감출 수 없었다.

"아이주 지방은 어떻습니까?"

클리멘트 남작이 서류를 읽어나가면서 토릭슨에게 물었다.

"현재 순조롭게 진행되고 있습니다. 무력을 동원할 것 없이 주군의 위명 하나만으로 각지의 가문이 몸을 사리고 있습니다. 조금 상황이 무르익길 기다리다가 선택을 종용하면 될 것 같습니다."

"좀 더 확실한 방안이 필요할 것 같습니다. 현재 헤셸 백작가의 동향이 심상치 않습니다. 그들의 군대가 어느 방향으로 진군할지 감을 잡을 수 없지만 자칫 아이주 지방으로 방향을 전환하게 되면 그동안 쌓아온 영향력을 모두 잃을 수 있습니다."

"헤셸 백작가가 아이주 지방으로 진군하리라 생각하십니까?"

"그럴 가능성도 없지 않아 있습니다."

"북쪽으로 윈스터 후작가, 서쪽으로 레디븐 백작가와 대치하고 있습니다. 쉬이 군을 동원하기 힘들 것으로 예상됩니다만."

토릭슨의 반박에 클리멘트 자작이 고개를 저었다.

"그래서 더더욱 아이주 지방을 공략할 가능성이 높습니다."

"어째서입니까?"

"레디븐 백작은 황도의 정계 문제로 운신이 힘든 상태며, 윈스터 후작가는 노르앙 후작가의 잔당과 대치 중입니다. 완벽한 남진을 위해서 이들을 확실하게 제압할 만큼 양측 모두 당장의 위협이 되지 못합니다. 헤셸 백작은 둘을 상대하기 위해서라도 전력 확충을 꾀할 것이고, 무주공산인 아이주 지방을 노릴 것입니다."

"주군의 존재감을 무시하고서라도 말입니까?"

"주군의 성향을 파악한다면 충분히 가능한 일입니다."

"……."

귀찮음이 유독 많은 티엘의 성향을 파악했다면 가능한 일이었다.

"아이주 지방 하나로 주군이 움직일 가능성은 높지 않습니다. 에조 남작께서 주군을 잘 알고 계시니 더욱 확신하고 계시지 않습니까?"

"으음, 맞습니다. 그 부분까지 파악하지 못했습니다."

"괜찮습니다. 통상적으로 생각하면 당연한 일이니. 제가 말씀드리고 싶은 건 아이주 지방의 공략을 좀 더 적극적으로 해야 한다는 점입니다."

"슈마커 남작은 어떻지?"

토릭슨의 물음에 제이론도 고개를 끄덕이며 클리멘트 남작의 의견에 힘을 실어주었다.

"제 생각도 클리멘트 남작님과 비슷합니다. 아이주 지방 점령을 미적거리게 되면 헤셸 백작이 개입할 여지를 주게 됩니다."

"그렇군. 그럼 그 부분에 대해서 좀 더 적극적으로 임하도록 하지."

"의견을 받아주어서 고맙습니다, 에조 남작님."

"아닙니다, 오히려 저를 깨우쳐 주셨으니 제가 감사할 일입니다. 클리멘트 남작님."

두 사람은 서로 마주보며 미소를 지었다. 그 광경을 지켜보는 켄드도 흡족한 표정이었다.

클리멘트 남작의 합류는 군사부의 체질을 크게 개선시켰다.

외부에서 영입된 천재 책사의 존재감은 컸다. 한때 적이었던 만큼 그것을 만회하고자 적극적인 움직임을 보였고, 작전 곳곳에 파고들면서 날카로운 의견 제시를 멈추지 않았다.

이와 같은 움직임을 보이자, 토릭슨이나 제이론도 더 이상 미적거릴 수 없었다.

클리멘트 남작에게 틈을 허용하지 않기 위해서 좀 더 완벽한 작전을 세워야 했고, 깍듯이 예를 취하는 그를 보며 좀 더 긴장감을 가지고 대화에 임해야 했다.

그것은 긍정적인 효과를 일으켜 친구 같은 분위기에서 서로 경계를 하고 경쟁을 하듯 더 나은 작전을 짤 수 있게 되었다.

"다음 안건은 주군의 승작에 관련된 내용입니다."

"이것도 골치로군."

제이론이 말을 꺼내기 무섭게 토릭슨이 표정을 구기며 중얼거렸다.

"하하!"

"웃지 마십시오, 저렇게 게으름을 부리는 주군을 어떻게 설득해서 황도로 모시고 간단 말입니까? 차라리 돈이나 준다고 하지."

모시는 주군을 대놓고 질타하는 모습은 클리멘트 남작에게 생경한 광경이었다. 하지만 그들 사이에는 믿음이 존재했고, 상대에 대한 호감이 존재했다.

라이오너 후작을 모실 때 전혀 느끼지 못한 감정이기에 클리멘트 남작은 기꺼이 유쾌한 웃음을 터뜨릴 수 있었다.

"아무래도 레디븐 백작의 입김이 들어간 것 같은데."

"저도 그 부분에 동의하고 있습니다. 폐하의 신임은 얻었지만 정쟁에서는 고전을 하고 있다는 첩보가 있었습니다. 분위기를 반전시키기 위해 주군을 끌어들이려 한다는 내용입니다."

"라이오너 후작령을 차지하게 만든 감사의 인사를 할 겸해서 말이지?"

"클레디오 백작과 어느 정도 친밀한 관계를 보인 만큼 주군의 영향력이 더 커진 점도 작용할 것입니다."

"그렇지."

결혼식에서 클레디오 백작이 모습을 드러내고 두 사람이 독대를 했다는 내용은 이미 제국 전역에 퍼져 있는 상태였다.

제국 최강이라 불리는 두 검사의 결합은 권력을 쥔 영주들에게 있어 민감한 사안일 수밖에 없었다.

"확실히 승작이라는 미끼도 나쁘지 않아. 셰어드 요새 일대를 비롯해서 아이주 지방까지 차지하면 공작령 이상의 크기가 되니까."

제국 지방 중에서 두 번째로 큰 곳이 헤인조 지방이었고, 능히 공작령을 방불케 하는 규모였다. 여기에 셰어드 요새 일대와 아이주 지방을 합치면 가히 공국에 필적하는 규모였다.

"레디븐 백작도 우방으로 남겨두는 것이 좋습니다. 윈스터 후작가는 국경을 마주칠 일이 없지만 헤셀 백작가와 아이주 지방으로 충돌하면 레디븐 백작가와 긴밀한 관계를 맺어놓아야지요."

"그럼 하나뿐이군."

"주군을 설득해야 합니다."

"……."

토릭슨과 제이론은 서로의 얼굴을 바라보며 심각한 표정을 지었다.

그 모습을 바라보던 클리멘트 남작은 의아한 표정으로 물었다.

"주군이 명예에 연연하지 않는다고 하나, 너무 사안을 심각하게 여기는 것 아닙니까?"

"남작께서도 겪어보셨겠지만 주군은 말이 통하는 인물이 아닙니다. 이상한 논리를 가지고 설득하려고 하면 자칫 역풍을 맞을 수 있지요. 그것도 아주 심각한 역풍을."

"확실한 방법이 아니고서는 주군을 설득하는 것은 어려운 일일 것입니다."

"으음, 그렇군요. 그럼 제가 한번 설득을 해보겠습니다."

"방법이 있습니까?"

"예."

자신감 넘치는 그의 모습에 토릭슨과 제이론 모두 놀란 표정을 지었다.

"어떤 방법입니까?"

"한번 지켜봐 주시길."

입가에 미소를 지으며 여운을 남기는 클리멘트 남작이었다.

승작에 관련된 문제는 티엘에게 별다른 영향을 끼치지 못했다.

이미 기울어가는 제국의 상황에서 백작이나 후작의 작위가 가져다주는 메리트는 그리 크지 않았다.

레디븐 백작과 친분을 다진다는 의미에서 나쁘지 않은 제안일 수 있지만 승작을 하려면 황도로 향해야 한다는 점과 권력에 눈이 먼 귀족들을 상대해야 한다는 점이 마음에 들지 않았다.

일언지하에 거절했던 그는 갑작스러운 제안에 황당한 표정을 지었다.

"갑자기 그게 무슨 뜻입니까?"

"말 그대로다. 결혼식을 올린 것도 좋지만 가문에서 놀고 있는 모습은 조금 아닌 것 같더구나."

"그럼 다른 복안이 있으신 겁니까?"

"결혼을 했으니 서로 축하하고 보듬어주는 것도 중요하지만 남들에게 보여주는 시선도 신경 써야 한단다. 하물며 제국의 기둥으로 논해지는 너라면 그 부분도 같이 안고 가야겠지."

"음."

솔직한 마음으로 전혀 공감이 가지 않았지만 마리아가 그렇게 말하니 수긍하는 척할 수밖에 없었다.

"이번에 폐하의 부름이 있었다고 들었는데, 잘못 들은 거니?"

"아닙니다, 맞습니다."

"무슨 연유인지 물어봐도 되겠니?"

"승작에 관련된 말이 들어왔습니다. 가문의 영향력이 커지고 영토도 넓어지니 이 기회에 후작위로 승작을 시켜준다는 말을 들었습니다."

"그 부분에 대해서는 어떻고?"

"솔직히 부정적입니다."

그것보다 귀찮음이 더 크다고 할 수 있었지만 티엘은 적당히 포장해서 말을 했다.

마리아는 잠시 멈칫하다가 이내 고개를 끄덕이더니 티엘에게 말했다.

"가문의 위상이 걸린 일이라고 생각한단다. 그이는 늘 가문의 위상이 높아지는 것을 원했지. 이번이 절호의 기회라고 생각되는구나."

"음!"

"그리고 가장 큰 이유는 새로 들인 며느리를 다른 귀족들에게 보여주었으면 한단다."

"이유라도 있습니까?"

"저번 맞선 사건을 기억하고 있지?"

"예."

잊으려고 해도 잊을 수 없는 일이었다. 티엘이 고개를 끄덕이니, 마리아는 잠시 머뭇거리는 모습을 보이다가 마음을 굳힌 듯 말했다.

"맞선에서 무수히 많은 귀족 영애에게 퇴짜를 맞았지. 이 것은 네가 제국 최강이라는 위명을 얻었음에도 따라다니는 불명예지."

"그다지 불명예로 생각한 적은 없습니다."

"하지만 가문의 입장에서는 그렇게 생각할 수 없다는 걸 너도 알고 있을 게다."

"……."

티엘은 아무렇지 않았지만 태어나기 전부터 가문의 안주인으로 살아온 마리아에게 있어 제국을 쩌렁쩌렁 울리는 티엘에게 수십 번 퇴짜를 맞은 전적이 남아 있는 것은 불쾌한 일이었다.

"나는 승작의 제안을 받아들이고 신혼여행을 겸하여 황도로 다녀왔으면 싶다. 그곳에서 너를 퇴짜 놓은 귀족 영애들이 모두 어리석은 판단을 내렸다고 알려주는 소식을 듣고 싶은데, 네 생각은 어떠니?"

'그러고 보면 어머니께서는 제국이 멸망한다는 사실을 모르고 계시는군.'

승작 제안을 거절한 것은 황실의 권위가 추락한 점도 있지만 머지않아 제국이 멸망한다는 것을 알고 있었기에 그렇게 행동한 감도 없지 않아 있었다.

'미래가 어떻게 흘러갈지도 모르는 일이니.'

북부의 윈스터 후작가와 중부의 레디븐 백작가 구도는 과거와 판이하게 다른 방향으로 만들어졌다. 그 과정에서 헤셀 백작가는 멸망했어야 했지만 여전히 성세를 유지했고, 이는 과거가 바뀜으로써 더 이상 제국의 미래를 확신할 수 없다는 것을 의미했다.

"알겠습니다. 황도로 가는 것은 어렵지 않으니 이번 기회에 가도록 하겠습니다."

"무리한 부탁을 들어줘서 정말 고맙다. 정말 고마워."

"아닙니다."

어머니의 부탁을 단순한 귀찮음으로 물리치는 것은 말도 안 되는 일이다.

조금 수고를 하더라도 받아들이는 것이 훨씬 마음이 편했기에 티엘도 표정을 풀 수 있었다.

"그런데 누구입니까?"

"무슨 말이니?"

"어머니께 이런 정보를 전한 인물에 대해서입니다."

"…무슨 말을 하는 건지 모르겠구나."

약간의 시간 차이가 존재했지만 증거가 없기에 티엘은 아무런 말도 할 수 없었다.

미심쩍은 시선으로 바라보았지만 그녀의 표정은 태연함 그 자체.

"아닙니다, 제가 쓸데없이 신경이 날카로웠던 것 같습니다."

"가문을 총괄하니 중압감이 클 수밖에. 사람에게 일러 보약이라도 지으라고 전하마."

"감사합니다."

그래도 걱정하는 마음이 느껴졌기에 티엘은 애써 웃으며 대꾸했다.

얼마 지나지 않아 군사부에 전해진 소식은 황도로 향할 때 동행할 인물과 가문 입장에서 최대한 이익을 취할 수 있는 방향의 설정이었다.

소식을 접한 토릭슨은 감탄한 표정으로 클리멘트 남작을 바라보았다.

"설마하니 대부인을 움직이실 줄은."

"가문을 위한 방향이라 판단했을 뿐입니다. 주군께서 황도로 향하는 것은 가문의 이익을 취할 수 있는 최선의 방안이지만 주군의 의중이 없다면 포기해야 합니다. 하지만 설득할 수 있는 방법이 존재한다면 시도할 수 있는 일은 시도해야 한다는 것이 제 생각이었습니다."

"맞는 말씀입니다. 그 부분에 대해서는 저나 슈마커 남작도 몇 차례 고민하곤 했습니다."

"대부인의 도움을 받을 수 있는 것도 많지 않을 것입니다. 그분께서도 주군을 생각하는 마음과 가문을 위하는 마음이 있으셨기에 제 말을 들어주셨을 뿐입니다. 다음에는 다른 방안을 모색해야겠지요."

"그래도 대단한 건 대단한 것입니다. 우리는 첫 만남부터 파격적이다 보니 그런 방법으로 주군을 움직일 생각을 하지 못했습니다."

"확실히 충격적이었습니다. 하마터면 가문의 대가 끊길 뻔했으니."

토릭슨의 동조하며 제이론은 쓴웃음을 지었다. 자신의 재주로 겨뤄보자고 할 때 다짜고짜 검을 뽑아 휘두르던 기억은 머리 깊숙한 곳에 박혀 있었다.

"첫 만남이 인식을 가른 것 같습니다. 저는 주군을 상대해야 하는 입장에 서다 보니 사용할 수 있는 모든 방안을 강구했어야 했으니 말입니다."

라이오너 후작가 휘하에 있을 당시를 떠올리며 클리멘트 남작은 고개를 저었다.

타협은 통하지 않고 속내를 짐작할 수 없는 티엘의 행보는 책사에게 있어 가히 재앙과 같았다.

비슷한 생각을 한 토릭슨도 입가에 미소를 지으며 우스갯소리를 했다.

"솔직히 제게 주군을 상대하라고 하면 그냥 깔끔하게 전쟁을 포기하는 게 속 편하다고 생각합니다. 그런 인물을 상대한다는 부담감은, 정말 무시무시한 일이라고 할 수 있지요."

"저도 주군의 제안을 받아들인 것이 참 다행이라 생각하고 있습니다."

그들은 미소를 지은 채 서로를 향해 덕담을 주고받았다.

"아직 모든 것이 끝난 건 아닙니다."

"끝이 아니라면?"

"대부인의 협조로 동의를 얻었으니 확실하게 쐐기를 박아야 합니다."

"호오……."

이어지는 클리멘트 남작의 말에 토릭슨이 눈을 빛냈다.

침실에 들어선 티엘은 두 부인이 먼저 침대에 누워 있는 것을 보고 조용히 자리에 누웠다.

평소라면 반갑게 맞이했을 그녀들이지만 오늘은 아무 말도 하지 않은 채 조용히 바라보고만 있었다.

의아한 마음에 몸을 일으키고 자세히 바라보니, 그녀들의 두 눈이 하트로 뿅뿅 바뀌어 있는 것을 확인할 수 있었다.

"왜 그러지?"

"정말 고마워요."

"고맙다고?"

갑작스러운 말에 티엘은 영문을 몰라 되물었다.

그에 옆에 있던 크레티아가 대답했다.

"우리를 위해 황도로 신혼여행을 떠나겠다고 하셨잖아
요."

"신혼여행? 아아, 그걸 말하는 것이군."

마리아와 나눈 대화 내용이 벌써 그녀들에게 전해졌다는
사실이 다소 황당했지만 틀린 것도 아니기에 티엘은 고개를
끄덕여 보였다.

"우리를 위해 귀찮음을 감수하고 움직여 주실 줄 몰랐어
요. 정말 감동이에요. 그치, 언니?"

"응, 하지만 이렇게 마음이 따뜻한 분이라는 건 이미 알고
있었어."

"칫, 나도 알고 있었거든?"

"……."

혀를 차면서 새초롬하게 말을 하는 크레티아와 가볍게 미
소를 짓는 로웰린을 보면서 티엘은 입을 다물었다.

아무리 눈치가 없어도 그녀들이 전해 들은 신혼여행이 사
실은 어머니의 바람에 귀찮음을 무릅쓴 것이라고 말하기 어

려웠다.

그녀들을 배려하는 마음이 없었던 만큼 약간의 미안함과 함께 씁쓸함을 동시에 느꼈다.

'이렇게 되면 빼도 박도 못하게 되었군.'

재잘재잘 떠들면서 황도를 누빌 생각에 잔뜩 들뜬 두 부인을 보며 티엘은 입을 굳게 다물었다.

평생 가져가야 할 고민 한 가지가 생겨나는 순간이었다.

제2장
달라진 위상

마리아의 의견과 부인들의 쐐기가 맞물리면서 황도행이 확정되었다.

군사부에서는 최근 라이오너 후작령을 넘기는 작전을 펼쳤던 제이론이 참여하기로 했고, 깨달음을 얻어 수련에 정진하기 바쁜 마블론을 대신하여 렉스터 남작이 호위의 책임을 맡았다.

"마음 편히 쉴 수 있는 휴식이 길지 않군."

마차에 앉은 티엘이 투덜거렸다.

아스트롱 공작령을 정리하고 돌아온 뒤, 제법 긴 시간이 흘렀지만 마음 편히 쉰 기간은 별로 되지 않았다.

결혼을 허락받기 위해 드루윙 백작이 있는 헤인조 남부 지방으로 향해야 했고, 이후 결혼 준비로 바쁘게 움직였다. 그다음 손님들을 대접하고 부인들과 시간을 보내다가 황도로 떠나게 된 셈이다.

티엘이 원하던 것은 마음 편히 시간을 보내면서 가끔 마블론이나 렉스터 남작을 가르치고, 그 원을 굴리는 일상이었는데 그것과 전혀 다른 방향으로 일이 진행되어 황도행을 확정 짓게 되었다.

"황도로 가는 것이 많이 불편하신 건가요?"

옆에 앉아 있던 로웰린이 조심스러운 기색으로 물어왔다. 신혼여행을 겸하여 황도로 간다는 것에 기뻐했던 그녀였지만 그것이 그의 순수한 의지에서 비롯된 것이 아니란 걸 알아차리고는 은연중 눈치를 살피고 있었다.

"불편한 건 아니다."

"죄송해요. 어머니께서 그렇게 말씀하신 걸 모르고 눈치 없이 좋아하는 모습을 보여서……."

"네 잘못은 아니다. 단지 누군가의 개입이 있는 것 같아서 그럴 뿐."

그러면서 마차 밖의 제이론을 슬쩍 바라보았지만 멀리 떨어져 있는 그의 귀에 닿지 않았다.

영문을 모르는 로웰린은 의아한 표정을 지을 뿐이었다.

"누군가의 개입이요?"

"그런 게 있다. 걱정하지 않아도 되는 부분이지."

"네……."

"기왕 황도로 향하게 되었으니 편히 쉴 생각이다. 복잡한 건 제이론이 떠맡을 테니 걱정하지 말고 황도의 생활을 즐기도록."

리그디스 공작이 권력을 잡고 있던 시절, 로웰린에게 황도는 자신을 추악한 욕망이 도사리고 있는 장소였다. 그곳에 좋은 추억이 없다는 것을 알고 있기에 이번 기회에 다른 생각을 가질 수 있도록 배려를 해주고자 했다.

딱딱하지만 자신을 향한 배려가 느껴졌기에 로웰린의 입가에 미소가 맺혔다.

"네, 고마워요."

"그럼 가지."

수줍게 미소를 지으며 자신을 바라보는 로웰린의 시선에 고개를 돌린 티엘이 입을 다물었다.

그 모습을 바라보며 두 여인이 미소를 지었다.

티엘의 방문 소식은 황도를 발칵 뒤집어놓기에 부족함이 없었다.

특히 정계의 충격은 더욱 컸는데, 기존의 권력자들 입장에서 티엘은 레디븐 백작과 친밀한 관계를 유지하는 인물이었기에 놀라움이 더욱 클 수밖에 없었다.

"그가 온다고?"

"그렇습니다, 주군."

"미온적인 반응을 보이더니 용케도 제안을 받아들였군."

"휘하 책사들이 설득을 한 게 아닐까 싶습니다. 귀찮음이 많은 인물이지만 그들의 말을 수용하는 데 있어 편견이 존재하지는 않습니다."

"그렇지, 그런 인물이었지."

레디븐 백작은 카이후의 보고에 고개를 끄덕였다. 여태까지 무수히 많은 조사를 해왔지만 티엘은 여전히 종잡을 수 없는 인물이었다.

승작에 관련된 조치도 레디븐 백작의 작품이었다. 티엘과 친분 관계를 이용하여 기존의 권력자들을 억누르고자 하는 바람이 담겨 있는 계책이었으니까.

하지만 티엘이 황도로 오는 것에 대해서는 모두가 회의적이었다.

승작이라는 미끼를 걸었지만 그것을 순순히 받아들일지 여부에 대해서는 미지수였으니까. 아니, 실상을 들여다보면 그 가능성이 매우 낮다고 해야 함이 옳았다.

"이번이 기회겠지?"

"예, 하지만 저들도 바보가 아닌 이상 단단히 준비를 해올 것입니다."

"준비를 해도 상관은 없다. 대세는 이미 기울기 시작했고, 그것을 확인하는 자리가 될 테니까. 로운 백작이 온다면 이미 결과는 정해진 것과 다를 바 없지."

"저도 그 부분에 대해서는 동의합니다."

카이후의 대답에 레디븐 백작은 미소를 지었다. 히드로 2세의 부름을 받고 황도로 진입하여 구태 권력 세력과 정쟁을 벌인지 벌써 이 년 가까이 되었다.

무수히 많은 비난의 화살이 서로를 겨누었지만 황제의 비호를 받고 있는 레디븐 백작을 꺾는 것은 불가능한 일이었다.

"과연 어떤 반응을 보일지 궁금하군."

"머리를 싸매고 고민에 빠지겠지만 그들이 할 수 있는 일은 없습니다."

"그 말처럼 순순히 포기해 줬으면 좋겠는데, 과연 그럴 일이 있을까."

"아마 없을 것입니다. 그들에게 있어 권력은 모든 것이니 말입니다."

"정답이다. 확실하게 답이 나오니 마음이 놓이는군."

리그디스 공작에게 빌붙어 권력을 잡기 위해 온갖 짓을 서

승지 않던 그들이다.

그동안 정쟁을 벌이면서 온전히 둔 것은 그들의 힘을 완전히 끌어안을 수 있어야 비로소 구상하던 완벽한 그림이 그려지기 때문이었다.

"가끔은 사냥을 다니면서 보낸 시절이 그립군."

"잠시 지쳐서 하시는 말로 듣겠습니다."

"들켰나? 후후, 손님이 올 테니 맞이할 준비를 하도록 하지."

자리에서 몸을 일으킨 레디븐 백작이 휘적휘적 걸음을 옮겼다.

그 뒷모습을 바라보는 카이후가 중얼거렸다.

"그 어떤 상황에서도 의연한 주군도 한 사람에 불과했군요."

티엘을 맞이하러 가는 레디븐 백작의 주먹이 미세하게 떨리고 있는 것을 그는 놓치지 않았다.

헤인조 지방에서 출발한 황도행 인원은 채 백 명도 되지 않는 작은 규모였다.

두 부인의 수발을 들 하녀 몇 명과 호위 기사 열 명, 나머지는 병사로 이루어져 있었는데, 한 지방의 패자가 거느리고 온 호위치고는 지나치게 작은 규모였다.

하지만 그 누구도 그것에 대해 꼬집어 말하지 않았다.

일행 자체에 제국 최강의 검사 반열에 올라선 티엘이 함께 하고 있으니 행여나 침공을 당할 여지가 차단된 것이나 다를 바 없었다.

레디븐 백작은 직접 군을 이끌고 나와 티엘을 맞이하였다.

"어서 오십시오, 황도에 방문하신 것을 환영하는 바입니다."

"오랜만이군."

"그렇습니다. 하하, 안으로 들어가시지요."

레디븐 백작 휘하 가신들은 서슴없이 말을 놓는 티엘의 행동에 불쾌감을 표시했지만 정작 그는 아무렇지 않은 듯 앞장서서 길을 안내했다.

이미 수차례 방문한 적 있는 황도였지만 티엘은 개의치 않고 그의 안내를 받아들였다.

"이번에 결혼식을 올린 것, 진심으로 축하드립니다."

"아아."

그 부분에 대한 칭찬은 익숙하지 않아 작게 고개를 끄덕이는 것으로 대답을 대신했다.

"제국사대미녀라 불리는 여인을 부인으로 맞이하다니, 참으로 대단한 능력입니다."

티엘에게 별다른 반응이 없자, 타깃을 바꿔 두 여인에 대한 칭찬을 늘어놓는 레디븐 백작이었다. 먼저 반응한 것은 로웰린이었다.

"과찬이세요. 제 이름은 로웰린 드루윙이에요. 레디븐 백작님을 뵙게 되어 영광이에요."

"크레티아 아스트롱이에요. 위명이 자자한 레디븐 백작님을 뵈어요."

"반갑습니다, 소문으로 듣던 것보다 제국사대미녀의 위엄이 더욱 대단한 것 같습니다."

"칭찬 감사드려요."

부드럽게 말을 이어나가는 레디븐 백작의 언변 덕분에 분위기는 풀어졌다. 간간이 주고받는 말에 신경 쓰지 않은 채 티엘은 바깥 풍경을 바라보고 있었다.

그것은 황도에 마련된 저택으로 들어서는 순간까지 이어졌다.

성 밖까지 나와 안내를 자처한 인물을 그대로 물릴 수 없어 그를 집무실로 불러들인 티엘은 거두절미하고 질문을 던졌다.

"무슨 의도지?"

"무슨 말씀이신지?"

"날 황도로 청해서 무엇을 노리고 있는지 듣고 싶다는 뜻이다."

"하하!"

다른 부분의 말을 빼놓고 바로 용건을 꺼내 드는 행동에 레디븐 백작은 웃음을 지었다.

"그 부분에 대해서 제가 말씀을 드려도 되겠습니까?"

자칫 분위기가 최악으로 치달을 수 있다는 걸 알아차린 카이후가 나섰다. 티엘의 시선이 그에게 돌아가더니 얼굴을 알아보고는 중얼거렸다.

"결혼식 때 봤군."

"이제야 인사를 드리게 되어 죄송합니다."

"죄송할 이유는 없다. 그보다 날 이곳 황도까지 불러들인 이유가 궁금한데."

"예, 가장 큰 이유는 저희 주군께서 얻고자 하는 바가 있어서지만, 로운 백작 각하를 위한 점도 있습니다."

"말하도록."

"저희 주군께서는 황도의 구태 세력과 오랫동안 대치해 왔습니다. 지금에 이르러 대부분의 정리가 끝났지만 확실한 계기를 만들지 못한 상황입니다."

"그래서 날 끌어들였나?"

"죄송합니다. 모든 것은 제 계책이었습니다."

카이후가 고개를 깊게 숙이면서 사과를 했다. 레디븐 백작은 그 모습을 보면서 아무 말도 하지 않은 채 눈을 빛낼 뿐이었다.

"계속 말하도록."

"여기까지는 저희 주군께서 의도하신 부분이고 다른 부분은 로운 백작 각하를 위한 것으로, 전보다 커진 영토를 효율적으로 다스리기 위해 승작을 건의 드린 것입니다. 이것은 백작 각하께서 더 많은 가신을 휘하에 거둘 수 있고, 직접 임명할 수 있는 귀족의 숫자가 늘어나게 됩니다."

"휘하 가신이라……."

"가신의 숫자가 늘어날수록 백작 각하께서 하시는 일이 줄어들게 됩니다."

"나에 대해 어느 정도 조사를 했군."

티엘이 입꼬리를 말아 올리자, 카이후는 긴장감을 지우지 않고 고개를 끄덕였다.

"그렇게라도 하지 않으면 백작 각하를 대하는 것조차 불가능했을 것입니다."

"틀린 말은 아니다. 그보다 방금 한 말이 끌리는군. 계속해 보도록."

"예, 이번 황도행은 양측 모두 최대한 이익을 볼 수 있도록 의도했습니다. 아마 슈마커 남작님이라면 제 말이 무엇을 의미하는지 바로 알아차리실 거라 생각합니다."

"제이론에게 물어보란 뜻인가?"

"제 열 마디보다 그의 한마디가 백작 각하에게 더 큰 신뢰를 줄 수 있다고 생각해서입니다."

"정확하게 보는군."

"목적을 이루기 위해 최선을 다하는 것이니 좋게 봐주시길."

"무슨 뜻인지 알겠다."

고개를 숙이며 말하는 카이후를 지켜보던 티엘의 시선이 레디븐 백작에게 향했다.

그는 피식 웃으며 어깨를 으쓱했다.

"모든 말을 다 해버려서 내가 할 말이 없게 되었군. 카이후의 말대로 나는 나와 백작님이 얻을 수 있는 모든 것을 얻고자 합니다. 그 부분에 대해서 필요한 점이 있으면 얼마든지 말씀하시길."

"아니, 방금 전 말로 충분하다. 이쪽에도 얻을 것을 준다고 하니 받아들이도록 하지. 안 그래도 황도에 오는 것을 진지하게 생각하고 있었으니까. 아아, 그러고 보니 한 가지 필요한 게 있다."

"무엇입니까?"

진지한 표정을 짓는 티엘을 보면서 레디븐 백작은 긴장한 표정을 지었다.

그것은 카이후라고 해서 다르지 않았다.

종잡을 수 없는 티엘의 존재감은 절로 긴장하게 만드는 마력이 있었다.

"여자들이 좋아할 만한 장소를 알고 싶다."

"허어?"

잔뜩 긴장하던 레디븐 백작의 입에서 허탈한 음성이 흘러나왔다. 하지만 카이후는 재빠르게 반응하여 그의 말에 대답을 하였다.

"최대한 많은 곳을 물색하여 오늘 내로 보내도록 하겠습니다."

"일처리가 빨라 좋군."

티엘의 입가에 번지는 미소를 보면서 카이후도 적잖이 마음을 놓을 수 있었다.

대화를 끝마친 뒤, 레디븐 백작은 카이후와 함께 밖으로 나왔다. 저택을 나서기 무섭게 일단의 호위가 모여들어 경계를 강화했다.

마차에 오르기 무섭게 카이후는 레디븐 백작에게 고개를 숙였다.

"죄송합니다, 주군."

"아니, 이유가 있다는 것 정도는 알고 있다. 대충 어떤 생각인지도 알 것 같고."

"그렇게 대답하지 않았다면 로운 백작의 마음이 뒤틀렸을 확률이 높았습니다."

"뒤틀린다고?"

"예, 그는 자신에게 피해가 미치지 않고, 이익이 된다면 이용하는 것에 대해서 큰 반응을 보이는 인물이 아닙니다."

"알고 있다."

고개를 젓는 레디븐 백작의 심기가 불편하다는 것을 느낀 카이후가 말을 덧붙였다.

"하지만 조금이라도 속내를 숨긴다면 무서울 정도로 큰 보복을 했습니다."

"보복이라……."

"모든 것을 터놓고 말하는 것. 로운 백작이 가장 좋아하는 성향이기에 부득이 모든 것을 털어놓을 수밖에 없었습니다. 죄송합니다."

"죄송할 것 없다. 모든 것이 대계를 위해서라면 감수해야 하는 부분이겠지."

대수롭지 않은 듯 대답했지만 카이후는 느낄 수 있었다.

마음 깊숙한 곳에 존재하는 분함이란 감정을.

그 부분을 미처 알아차리지 못하고 나선 것은 자신의 책임이었다.

"좀 더 확실하게 옭아맬 방법을 찾겠다."

"예."

뒤늦게 방에 도달한 제이론은 레디븐 백작에 의도한 바에 대해 설명을 해주었다.

"그 부분은 주군의 위명을 빌리고자 함입니다."

"내 이름을 등에 업고 수작을 부리겠다는 뜻인가?"

"굳이 그럴 필요도 없습니다. 주군이 어떤 분인지 이미 널리 알려졌기에 허튼수작을 부리지는 못할 것입니다."

"귀족들을 압박하는 수단으로 사용하겠다더군."

"예, 현재 벌어지고 있는 정쟁에서 주도권을 쥐고 있지만 레디븐 백작이 그들을 온전히 휘어잡기 위해서는 한참의 시간이 흘러야 합니다. 하지만 그 시간이면 윈스터 후작이 전력을 재정비할 것이고, 헤셀 백작도 어떤 움직임을 보일 것입니다. 시간이 그들의 편이 아니기에 쫓기듯 이런 움직임을 보인 것입니다."

"자세히 설명해 보도록."

"주군은 결혼식을 기점으로 전보다 더 강렬한 힘을 지니게 되었습니다. 그 이유는 몇 차례 충돌을 빚은 클레디오 백작과 친밀한 모습을 보여주셨기 때문입니다."

티엘은 저도 모르게 실소를 지었다. 정작 클레디오 백작과 아무런 관계가 아닌데 제멋대로 판단하고 추측을 하면서 판이 커진 것이다.

"그것이 친밀한 모습이라고?"

"다른 이들이 보기에는 그렇게 느껴질 것입니다. 주군과 클레디오 백작이 보여준 모습은 다른 귀족들에게 충격으로 다가왔을 것입니다. 그 상황에서 주군의 존재감이면 거세게 저항하는 귀족들을 잠재울 수 있다고 판단한 것입니다."

"상황은 알겠다. 그럼 우리가 얻을 수 있는 것은?"

"북부의 윈스터 후작, 동부의 헤셀 백작이 있는 이상 레디브 백작과 친밀한 관계를 맺음으로써 숨통을 틔울 필요가 있습니다. 이는 가문을 위하는 일이며, 앞으로의 상황을 능동적으로 대처할 수 있는 최적의 수단입니다."

"그것뿐인가?"

"사소하게는 주군이 여전히 제국에 충성하는 모습을 보여주실 수 있습니다. 작은 것이지만 이것 하나로 명분을 쥐게 될 수 있으니 손해는 아니라 생각합니다."

"......"

아무 말도 하지 않고 조용히 제이론을 응시하는 티엘이었다. 심신을 옥죄는 눈빛에 제이론의 이마에 땀이 송골송골 맺혔다.

"넌가?"

"예?"

"날 이곳으로 오게 만든 장본을 묻는 것이다."

"…제가 그런 대담한 계책을 펼칠 리 없지 않습니까."

"그럼 다른 대담한 자가 그런 수작을 부렸다는 뜻이로군."

순간 자신이 유도신문에 넘어간 것을 느낀 제이론은 고개를 저어 보였다.

"저는 모릅니다."

"그렇다고 치지. 어쨌든 한 가지는 확실하다. 나는 더 이상일을 크게 벌일 생각이 없다."

"크게 벌일 생각이 없다고 하시는 건……."

"아이주 지방이 마지막이라는 이야기다."

"알겠습니다."

현재 지배하고 있는 지역만 해도 능히 한 왕국을 세울 수있는 만큼 티엘이 적정한 수준에서 욕심을 부린다고 할 수 있었다.

제이론은 그 부분이 불만이었지만 감히 티엘 앞에서 감정을 드러낼 만큼 미숙하지 않았다.

그의 머릿속에 떠오른 것은 군사부 회의에서 했던 대화 내용이었다.

'역시 클리멘트 남작님의 말씀이 맞는 건가.'

회의 중에 클리멘트 남작은 이런 말을 했다.

"똑똑한 가신을 신뢰하고 믿어주는 주군은 현명하지만 똑똑한 가신에게 모든 것을 미뤄두고 게으름을 부리는 주군은 가신들이 나서서 부지런하게 만들어줘야 합니다. 우리가 가장 신경을 써야 할 부분은 아이주 지방을 차지하고, 황도에서 세를 떨치는 것이 아니라 어떻게 하면 게으른 주군을 움직일 수 있게 만드냐입니다. 그 부분에 대해 고견을 부탁드리겠습니다."

그 말은 틀리지 않았다.

티엘이 좀 더 부지런히 움직여야 할 수 있는 일들이 많아진다.

결심을 굳힌 제이론의 두 눈이 빛을 발했다.

약속한 시간에 맞춰 보낸 카이후의 황도 명소 보고서는 티엘에게 큰 도움이 되었다.

다음 날, 로웰린과 크레티아를 데리고 황도 곳곳을 구경하기 시작했다.

이미 모든 이목은 그에게 집중되었지만 전혀 개의치 않은 채 쇼핑을 하거나 맛 좋은 레스토랑에서 음식을 즐기고는 했다.

그렇게 시간을 보내는 사이, 승작연은 성큼 다가와 있었다.

히드로 2세는 레디븐 백작의 의견을 받아들여 이번에 백작에서 후작으로 승작하는 티엘을 축하하고자 큰 축하 파티를 개최하기로 했다.

참여하는 귀족은 대부분 중앙 정계 귀족이기에 여느 때와 다를 바 없는 파티였지만 티엘이 참가한다는 것만으로도 그 무게가 사뭇 달라졌다.

제국 최강! 그리고 클레디오 백작을 움직일 수 있는 자.

이미 제국 내에서 다섯 손가락 안에 드는 세력을 거느렸으며, 본신의 무위뿐만 아니라 클레디오 백작까지 움직일 수 있다고 알려진 티엘의 존재감은 제국 내에서 독보적이라 해도 과언이 아니었다.

그가 레디븐 백작과 긴밀한 관계를 맺고 있다는 사실은 중앙 정계 귀족들을 긴장하게 만들기 충분했다.

승작연에 참여하기 위해 아침부터 분주하게 준비를 하기 시작했다.

티엘은 진즉에 준비를 끝내고 저택 홀에 앉아 차를 한 잔 들고 있었다.

깔끔한 예복을 차려입은 그는 제국 최강의 검사라기보다 다음 대 활약이 기대되는 귀족 청년처럼 보였다.

쌉쌀한 차 맛을 음미하고 있을 무렵, 또각거리는 소리와 함께 크레티아가 모습을 드러냈다.

"저 어때요?"

붉은 드레스로 화려함을 강조한 그녀는 남자의 혼을 앗아가는 강렬한 마력을 품고 있었다.

위아래로 그녀를 훑어본 티엘이 느릿하게 고개를 끄덕였다.

"아름답군."

"칫! 그게 전부예요?"

"전부면?"

"됐어요."

고개를 홱 돌리면서 입술을 삐죽이는 모습에 티엘은 고개를 절레절레 저었다. 본인 스스로 아름답다는 것을 자각하고 있고, 그에 상응하는 말을 해주었지만 그 이상을 바라는 행동에 종종 입이 바짝 마르고는 했다.

"파티에 참여한 남자들이 모두 넋을 놓고 바라볼까 봐 걱정되는군."

"정말요?"

"그럼 거짓을 말할까."

"저도 알고는 있었어요. 그래도 그렇게 말해주니 너무 좋아요."

"알면서 물어보는 게 잘못된 거다."

"몰라요, 어쨌든 그렇게 말해주니 좋아요."

사뿐사뿐한 걸음으로 다가와 티엘의 옆에 앉는 크레티아

였다.

활발한 성격답게 행동에는 적극적이지만 때때로 미적거리는 모습을 보이고는 했다.

바로 지금처럼 말이다.

"뭘 그렇게 머뭇거려."

"아직은 익숙하지 않단 말이에요."

"그렇게 망설이니 로웰린에게 당하는 거다."

"칫!"

혀를 찬 크레티아는 미적거리던 팔을 뻗어 팔짱을 꼈다. 그제야 만족한 듯 미소를 짓는데, 화려한 외모에 어울리지 않는 순진함이 묻어나와 티엘로 하여금 피식 웃게 만들었다.

뒤이어 로웰린이 검은색 드레스를 입고 나왔는데, 그동안 흰색이나 하늘색 같은 색상을 고집하던 그녀로서는 나름대로 파격 변신을 시도한 셈이었다.

그녀를 바라보는 티엘의 눈이 덩달아 커졌다.

검은색 드레스를 입음으로써 예전부터 지닌 순백의 느낌을 날려 버렸지만 결혼을 하고 얻은 성숙하고 도발적인 아름다움이 전보다 더 강렬함으로 다가왔다.

"역시 아름답군."

티엘의 칭찬에 로웰린이 미소를 지어 보였고, 옆에 앉아 있던 크레티아가 혀를 차면서 불만을 드러냈다.

그리고 사뿐한 걸음으로 다가온 그녀는 당연하다는 듯 팔짱을 껴들었다.

"어어, 어, 언니?"

"왜 그러니?"

"지금 그게 무슨 행동이야!"

"내 남편에게 팔짱을 낀 건데 무슨 문제라도 있는 거니?"

"이이, 그, 그래도……!"

자신은 엄청 힘들게 잡은 팔인데 로웰린은 아무렇지 않게 끼고 드니 억울한 마음이 들었다.

"뭐 어떠니, 서로 나눠서 갖는다고 해도 닳는 게 아닌데."

"그건 그렇지만."

말을 하면서 자신이 말리는 것을 느낀 크레티아였지만 기분은 나쁘지 않았다.

모든 것은 생각하기 나름이었다. 자신이 이렇게 한 팔을 차지하고 있어도 다른 팔 하나가 남게 마련이고, 그것을 로웰린이 차지하는 것이었으니 말이다.

자연히 팔짱을 낀 손에 힘이 들어갔다.

"괜찮지?"

"네, 언니 말이 맞네요."

두 여인의 시선이 허공에서 마주쳤다. 로웰린의 미소를 본 크레티아도 마음속에 서려 있던 조급함이 사라지는 걸 느끼고 고개를 끄덕였다.

그 광경을 물끄러미 바라보던 티엘이 한마디 했다.

"사람을 물건 취급하는 게 좀 그런데."

"죄송해요, 하지만 틀린 말은 아니죠?"

"그렇긴 한데."

"그러니 좋게 생각해 주세요."

"…그러지."

양팔을 붙들리게 됨으로써 차를 더 이상 마시지 못하게 된 티엘은 로웰린의 페이스에 말리고는 고개를 끄덕였다.

준비를 마친 그들은 마차에 탑승하여 황궁으로 향했다.

승작연이 열리고, 정식으로 시작 시간이 되지 않았지만 수많은 귀족이 속속 참가했다.

그들 입장에서는 티엘이 어떤 생각을 가지고 있는지 구체적으로 확인해야 했고, 그 반응에 따라 추후 레디븐 백작을 대할 방법을 모색해야 했다.

파티 형식으로 개최되었지만 홀의 분위기는 조용했다. 친분 있는 귀족들이 삼삼오오 모여 대화를 나누었지만 다른 파티와 달리 무거운 분위기 속에 점잖은 말이 오가고 있었다.

승작식은 더 많은 의무를 짊어지는 것이기에 파티 분위기가 아닌 엄숙한 분위기 속에서 이루어졌다. 히드로 2세와 하브리스 공작이 들어서자, 밖에서 시종장의 우렁찬 목소리가 울려 퍼졌다.

"로운 백작님과 백작 부인들이 드셨습니다."

"들라 하라."

히드로 2세의 허락이 떨어지자 티엘이 모습을 드러냈다. 뒤이어 로웰린과 크레티아가 조심스럽게 걸음을 옮기며 뒤를 따랐다.

오오오오!

엄숙한 분위기였지만 티엘에게 시선이 집중되었던 귀족들은 뒤에서 따르는 로웰린과 크레티아를 보며 감탄을 금치 못했다.

제국사대미녀로 이름이 높은 그녀들이었고, 직접 본 이들이 대다수였다. 그녀들의 결혼은 귀족 청년 대다수가 시름에 젖어들게 만드는 사건 중 하나였다.

그런 그녀들이 결혼을 하고 처음 공식 석상에 모습을 드러낸 것이다.

그리고 결혼을 한 그녀들의 미모는 여전했다.

오히려 한 걸음씩 내딛는 걸음에 당찬 기운이 전해졌다.

부러움과 질투, 경외 등의 감정 섞인 눈이 티엘에게 향했다.

그런 시선에 아랑곳하지 않고 히드로 2세 앞으로 다가간 그는 정중히 예를 취했다.

"제국의 지배자이신 황제 폐하를 뵙습니다."

"먼 길 오느라 수고하셨소."

어느덧 소년티를 벗어던지고 청년으로 접어든 히드로 2세가 담담하게 티엘을 바라보다가 뒤에 다소곳하게 서 있는 여인들을 보며 눈을 빛냈다.

제국사대미녀라 칭해지는 그녀들을 이미 여러 차례 봐왔지만 이토록 아름답고 빛이 나는 여인인 줄 모르고 있었다.

"부인들이 참으로 아름답습니다."

"감사합니다."

"강력한 무위와 아름다운 부인들, 드넓은 영지까지. 백작이 참으로 부럽소."

"그렇습니까?"

"물론이오."

웃음 섞인 목소리로 말을 하지만 그 속에 뼈가 담겨 있음을 모르는 이들은 아무도 없었다.

"오늘 백작을 부른 이유는 카젤 국왕을 물리친 공을 치하하기 위함이오."

티엘을 승작시키기 위해 레디븐 백작은 그에 어울리는 명분을 찾아야만 했다.

그리고 찾아낸 것이 용병왕이라 칭해지는 카젤 국왕을 격퇴한 것이다.

타국의 침공으로부터 제국을 지켜낸 공로.

실상은 자신의 영지를 지켜낸 것에 지나지 않지만 붙이기에 따라 그렇게 해석될 여지는 얼마든지 존재했다.

우스운 일이지만 명분이라는 것이 중요했고, 레디븐 백작의 의견을 받아들여 승작시키는 이유로 카젤 국왕의 격퇴를 꺼내 들었다.

"로운 백작은 예를 취하라."

티엘은 한쪽 무릎을 꿇으며 예를 취했고, 로웰린과 크레티아도 같은 자세를 취했다.

자리에서 일어선 히드로 2세는 자리에서 일어나 검을 뽑아 들었다.

제국 최고의 장인이 만든 명검이었다. 검 끝을 타고 날카로운 예기가 전신을 서늘하게 만들었다.

순간 그의 뇌리에 한 줄기 생각이 스쳐 지나갔다.

'지금 이 검을 휘두르면?'

제아무리 제국 최강의 검사라 불려도 피하기 힘들 터였다.

그가 사라지게 되면 풍요로운 헤인조 지방을 차지하는 것은 한결 수월해질 것이고, 나아가 전쟁에 단련된 강군을 얻게 된다.

찰나의 순간이지만 기이할 정도로 강렬한 욕망에 휩싸여

있던 히드로 2세가 멈칫했다.

고개를 숙이고 있던 티엘이 어느 순간 고개를 든 채 눈을 마주하고 있던 것이다.

자신이 품고 있던 감정이 상대에게 고스란히 노출된 것 같아 깜짝 놀란 히드로 2세는 정신을 다잡고 검을 검집에 갈무리하여 티엘에게 내밀었다.

"그대를 후작위에 봉한다. 앞으로 제국을 지키는 방패이자, 적을 징벌하는 철퇴가 되어라."

"최선을 다하겠습니다."

허울뿐이지만 후작에 봉해진 것은 더 이상 그를 옥죄는 끈이 사라졌다는 걸 의미했다.

짝짝짝짝!

후작에 봉해진 티엘을 보며 귀족들은 일제히 박수를 쳐주었다.

자리에서 일어난 그는 히드로 2세에게 고개를 숙인 뒤, 귀족들에게 고개를 숙였다.

"제국에 영웅이 탄생했고, 우리는 새로운 역사를 보고 있다. 오늘 파티를 마음껏 즐기도록."

파티의 시작이었다.

본격적인 승작연이 시작되었지만 티엘의 주위로 다가오는

사람들은 아무도 없었다.

모두 제국의 정계에 이름을 올려놓고 있는 주류 귀족들이 었지만 티엘의 존재감은 그 어떤 귀족보다 강렬하고 파급력 이 컸다.

귀족들은 저마다 눈치를 보고 있었지만 사람의 접근을 미 연에 차단하는 기세를 팍팍 뿌리자, 섣불리 다가갈 수 없었 다. 그것은 정계의 거물인 일레트로 후작이나 게스틴 후작도 마찬가지였다.

괴팍한 성격으로 유명한 티엘을 잘못 건드리다가는 자칫 최악의 상황에 직면할 수 있었다.

서로 눈치 보기 바쁠 무렵, 스스럼없이 티엘에게 다가가는 사람이 있었으니 바로 레디븐 백작이었다.

"축하드립니다. 이제는 로운 백작님이 아니라 후작님이 되 셨군요."

"레디븐 백작."

"황도 곳곳을 둘러보셨다고 들었습니다. 카이후가 소개를 한 곳은 마음에 드셨는지?"

"괜찮더군. 번잡한 곳이 없어서 조용히 관광을 즐길 수 있 었다."

"마음에 들었다니 다행입니다. 꽤나 고심하던데 말이지 요."

"나중에 보면 고맙다고 전해주면 좋겠군."

"물론입니다. 카이후가 기뻐하겠군요."

"기뻐할 것까지 있나?"

"준비한 입장에서 재미있게 즐겼다면 당연히 기쁜 일이지요. 아아, 후작 부인, 오늘도 아름답습니다."

말의 맥을 끊는 티엘과의 대화는 언제든지 단절될 위험이 존재했기에 레디븐 백작은 타깃을 바꿔 로웰린에게 인사를 건넸다.

미소를 지은 그녀는 우아하게 예를 취했다.

"고마워요. 백작님께서도 오늘 굉장히 멋지세요."

"그렇습니까? 하하, 저도 알고 있지만 미인의 찬사는 언제 들어도 질리지 않는군요."

"그런가요?"

"백작님은 제가 안 보이시나 봐요."

로웰린에 대한 거듭되는 찬사에 크레티아가 끼어들면서 입을 삐죽였다. 레디븐 백작은 식은땀을 뻘뻘 흘리면서 웃음을 지었다.

"그럴 리가 있겠습니까?"

"로웰린 언니만 아름답다는 거죠?"

"물론 크레티아 후작 부인도 아름답습니다."

"정말이죠?"

"정말입니다. 단지 로웰린 후작 부인이 나이가 더 많으시다 보니 먼저 인사를 건넨 것뿐입니다."

"그렇죠?"

크레티아의 표정이 눈에 띄게 밝아졌고, 밝은 표정이던 로웰린은 눈에 띄게 어두워졌다.

"나이가 많아서 죄송해요."

"그런 게 아닙니다."

"호호!"

당대의 권력자인 레디븐 백작의 쩔쩔 매는 모습에 로웰린과 크레티아 모두 웃음을 지었다. 자신이 꼼짝없이 당했다는 걸 알아차린 레디븐 백작은 어리둥절한 표정을 짓다가 이내 헛웃음을 짓고 말았다.

"이거 참."

여인에게 골탕 먹어 본 적이 없었던 레디븐 백작이었지만 티엘과 그의 부인들과의 화기애애한 분위기는 적어도 나쁘게 느껴지지 않았다.

부드러운 분위기 속에서 대화가 이루어지고 있었지만 그 광경을 마냥 웃으면서 지켜볼 수 없는 이들이 있었다.

"안 좋은 현상입니다."

"좋지 않군. 좋지 않아."

하퍼 백작의 말에 일레트로 후작은 신음을 흘리듯 말했다. 눈으로 보이는 광경은 자신들의 앞날에 검은 먹구름을 잔뜩 끼게 만들었다.

구태 정치 세력으로 대변되는 일레트로 후작은 레디븐 백작이 황도에 들어선 이후, 나날이 세력이 위축되는 것을 느껴야만 했다.

레디븐 백작은 음흉하고 노련하였으며, 거기에 휘말린 일레트로 후작은 자신조차 어찌할 수 없는 거대한 시대의 흐름을 느낄 수 있었다.

이대로 가면 자신은 물론 따르는 귀족들마저 안위를 장담할 수 없는 상황에 놓이게 된다.

어떻게든 방법을 모색해야 하는 것이 바로 현재 상황이었다.

"소문이 사실이면 안 되는데."

"아직 낙담하기에는 이르다. 레디븐 백작이 어떤 인물인지 잊으면 안 된다."

"알고 있습니다."

겉으로는 마냥 사람 좋아 보이는 레디븐 백작이었지만 그 이면에는 누구보다 노련하고 음흉한 정치가의 모습이 숨어 있었다.

지금 저 모습도 연출된 것일 수 있다는 가능성을 배제할 수 없었다.

"우리가 클레디오 백작을 움직일 수만 있다면……."

"그런 말은 하지 마라."

"불가능한 일도 아니지 않습니까."

"그게 가능하다고 하더라도 원천적으로 우리와 뜻을 같이 하는 사람이 아니다. 통제할 수 없는 칼이 얼마나 무서운지 알고 있을 텐데?"

"그냥 아쉽다는 말입니다."

입맛을 다신 하퍼 백작은 고개를 절레절레 저었다. 하고 싶은 말이야 많았지만 상황이 자신들에게 좋지 않게 흘러가고 있으니 어찌하겠는가.

"우리가 나서지 않아도 게스틴 후작이 먼저 나설 것이다. 천천히 기다리지."

"알겠습니다."

힐끗 게스틴 후작을 살핀 하퍼 백작이 만면에 웃음을 지었다.

게스틴 후작은 티엘과 즐겁게 대화를 나누는 레디븐 백작을 보면서 눈가를 찌푸렸다.

"저 모습을 어떻게 받아들여야 하지?"

"레디븐 백작이 공공연히 말했던 것처럼 정말 사이가 좋은 것일 수 있습니다. 하지만 음흉한 자이니 속임수일 가능성도 배제하면 안 됩니다."

"속임수라. 저 웃음이, 저 행동이 모두 속임수라고 생각하나?"

"그 가능성마저도 배제할 수 없는 것이 바로 레디븐 백작이란 인물입니다. 이미 겪어보셔서 잘 알고 계시지 않습니까?"

"크흐흐! 알지, 아주 잘 알고 있어서 문제였지."

이를 부득 갈면서 핏발 선 눈으로 레디븐 백작을 노려보는 그였다. 노골적인 적대감이었지만 이미 익숙해진 트란 백작으로서는 말리기보다 행동으로 옮기지 않는 것에 안도하고 있었다.

"로운 백작, 아니, 후작이 뭐가 아쉬워서 저 녀석과. 모든 걸 다 가졌으면 더 이상 욕심내지 않아도 되거늘······."

로웰린과 크레티아를 번갈아 보면서 부러운 표정을 감추지 못하는 게스틴 후작이었다. 그가 무슨 생각을 하고 있는지 알아차린 트란 백작은 쓴웃음을 지었다.

'그럴 말을 하실 처지는 아닙니다만.'

게스틴 후작도 다른 귀족이 보기에는 모든 것을 다 가진 인물이었다.

막대한 재산을 보유하고 있음에도 황실의 재산을 빼먹기

위해 수단과 방법을 가리지 않는 그가 그런 말을 하니 트란 백작으로서는 어이가 없을 수밖에 없었다.

"안 되겠군. 로운 후작과 대화를 해봐야겠다."

"대화를 말입니까?"

"안 될 게 있나? 이대로 있으면 레디븐 백작 녀석이 친분을 쌓을 것 같군."

"그건 그렇습니다."

그 부분에 동의를 하고 있지만 날카롭고 자기중심적인 게스틴 후작과 대화를 나누면 좋은 분위기보다 나쁜 분위기가 형성될 가능성이 높아 보였다.

"먼저 나서는 것은 모양새가 좋지 않습니다. 아마 일레트로 후작과 하퍼 백작도 후작님이 먼저 나서는 것을 원하고 있을 것입니다."

"일레트로 후작 녀석이……."

험악하게 구겨지는 게스틴 후작의 표정. 트란 백작은 자신의 말이 먹혀들었다는 것에 적잖이 안도했지만 다음에 이어진 말에 안색이 하얗게 질렸다.

"괜찮다! 녀석의 생각 따위는 중요하지 않아."

"후작님!"

"그럼 저 녀석의 눈치를 보면서 로운 후작과 친분을 쌓을 기회를 방관하라고?"

"그건 아니지만⋯⋯."

서슬 퍼런 기세에 트란 백작은 고개를 절레절레 저었다.

이 정도면 설득하는 것은 사실상 불가능한 일이나 다름없었다.

"대신 저도 가겠습니다."

"그야 당연하지. 백작이 없으면 머리는 누가 쓰라는 건가?"

"하하."

이럴 때는 또 화통한 면이 있어서 트란 백작은 웃음을 지었다.

그러다 어느덧 앞장서서 티엘에게 다가가는 모습을 발견하고는 서둘러 뒤를 따랐다.

만면에 미소를 짓고 대화를 나누던 레디븐 백작은 불편한 인물이 다가오는 것을 보고 반색했다.

"무슨 일인지?"

"험! 우리도 로운 후작과 인사를 나누고 싶어 찾아왔소만?"

"그러시군요."

'역시나인가.'

카이후와 제이안이 말하길, 티엘과 친한 모습을 보이면 게스틴 후작이 참지 못하고 다가올 거라고 전망했었다. 그리고 덧붙이길 로운 후작과 게스틴 후작의 성격 상성은 그야말로 최악.

충돌을 빚을 수밖에 없다고 했다.

"인사하시지요. 게스틴 후작님입니다."

"게스틴 후작이오. 위명이 자자한 로운 후작을 만나 영광이오."

"후작이라, 후작이 되었군. 로운 후작이다."

"호오! 자신감이 넘치는 말이로군. 하긴, 그 정도 자신감이 있을 자격이 있지. 리그디스 공작에게 정면으로 맞서는 모습에 심히 감동했소."

"죽어버린 인물에게 관심은 없다."

"그렇소? 후후, 그렇군. 하긴 그 정도 실력이면 오만할 자격이 있지."

"으음."

의외로 대화를 주고받는 두 사람 사이에 충돌은 벌어지지 않았다. 그 광경을 바라보던 레디븐 백작은 예상과 다른 전개에 침음성을 흘렸다.

오죽하면 심복인 트란 백작도 눈을 동그랗게 뜨고 게스틴 후작을 바라보고 있겠는가.

"참으로 부럽소. 젊은 나이에 그토록 고강한 무위를 보유하고 있고, 아름다운 부인을 두었으니 말이오. 허허, 나도 젊은 시절로 돌아갈 수 있다면 성실하게 살아보고 싶소만."

"…돌이킬 수 없기에 과거이니."

"그렇겠지. 그러니 대단하다는 것이오. 전에는 기회가 없었지만 이렇게 만나게 되니 반가운 마음이 드는 건 당연한 일. 접점은 없겠지만 황도로 오면 대화를 나눠보고 싶구려."

"아아."

게스틴 후작이 내미는 손을 티엘은 거절하지 않았다.

두 손이 허공에서 맞잡히는 순간, 레디븐 백작의 표정은 미미하게 찌푸려져 있었다.

'일이 이렇게 될 줄이야.'

카이후와 제이안의 예상이 틀린 것은 확실히 의외였다.

탐욕스러운 게스틴 후작과 티엘의 조합, 그것은 결코 좋지 못했다.

신이 난 듯 말을 꺼내는 게스틴 후작과 그것을 받아주는 티엘.

그들의 대화 시간이 길어질수록 귀족들의 표정이 급변하기 시작했다.

제3장
완급 조절

게스틴 후작과 대화를 나눈 뒤, 티엘은 음식을 들면서 파티의 광경을 바라보았다.

　승작연이라고 하나 승작식을 한 뒤에 열리는 파티는 여타 파티와 다를 바가 없었다.

　젊은 귀족 남녀가 홀로 나가 춤을 추고 있는 모습을 보고 있을 무렵, 크레티아가 다가와 말했다.

　"아아, 나도 춤추고 싶은데."

　"저도요."

　"춤이라……."

티엘은 그다지 내키지 않는 표정이었지만 두 여인은 오히려 싱글벙글 웃음을 짓고 있었다.

"어머님의 말씀을 이행할 수 있으니 좋은 일 아닌가요?"

"저도 그렇게 생각해요."

"그렇다니 별수 없군."

틀린 말이 아니고, 자신과 가문을 위한 어머니의 마음이었다.

그것까지 부인할 수 없는 티엘이었기에 수긍하는 수밖에 없었다.

로웰린에게 시선을 옮긴 그가 정중하게 물었다.

"한 곡 출까."

"네, 기꺼이."

입가에 미소를 지은 그녀가 티엘과 손을 잡고 홀로 나아갔다.

파티의 이목이 집중되는 남녀이다 보니 춤을 추고 있던 커플은 자연히 외곽으로 물러났다.

"잘할 수 있어?"

"이래 보여도 춤은 꽤 단련했답니다."

로웰린의 춤 실력은 부족하지 않았으나 제국 최강이라 불리는 티엘과 체력적인 차이는 존재할 수밖에 없었다.

물 흐르듯 자연스러운 음악이 홀을 가득 채우기 시작했다.

부드러운 움직임과 함께 두 사람은 홀 안을 누비면서 춤을 추었다.

선남선녀의 춤에 귀족들은 저마다 넋이 나간 듯 하염없이 바라보기 바빴다.

특히 귀족 청년들은 파격적인 검은색 드레스를 차려입은 로웰린의 도발적인 자태에 혼이 빠져나간 것처럼 움직이지 못했다.

"정말 아름답군."

누군가의 한마디였지만 그 누구도 반박하지 않았다. 아니, 할 수 없었다.

그것은 티엘을 바라보는 귀족 영애들도 비슷한 심정이었다.

준수한 외모에 제국 최강의 검술을 지녔다고 알려진 그는 걸어 다니는 매력 덩어리 그 자체였다.

비록 그의 곁에 제국사대미녀라는, 감히 넘볼 수 없는 미인들이 있어 사심을 겉으로 드러낼 수 없었지만 머릿속으로 마음껏 상상의 나래를 펼칠 수 있었다.

"아, 멋져."

"응, 정말……."

제국 최강이라는 프리미엄은 여느 귀족 청년과 비슷하게 준수한 티엘을 특별하게 보이게 만들었다.

청춘 남녀 귀족들에게 부러움을 산 그들의 춤은 세 번 연속으로 이어지고 나서야 끝이 났다.

체력의 한계까지 쥐어짰던 로웰린의 이마에는 땀이 송골송골 맺혔고, 입가에는 단내가 나올 정도로 지쳐 있었다.

"하아, 하아."

"그렇게 열심히 할 필요는 없는데."

"제가 하고 싶어서 그랬어요."

"그래. 넌 그런 여자였지."

손을 든 티엘은 로웰린의 땀을 훔쳐 주었다. 동시에 땀은 연기가 되어 사라졌지만 그 광경을 지켜본 귀족 영애들의 눈은 몽롱하게 풀려 있었다.

"이제 제 차례예요."

로웰린이 물러서기 무섭게 크레티아가 앞으로 나서면서 티엘의 품에 안겼다.

"세 곡이나 추는 동안 제가 얼마나 부러웠는지 아세요?"

"그랬나?"

"칫! 나도 체력이 버텨줄 때까지 출 거예요. 중간에 지치지나 마세요."

"기대하지."

노골적으로 질투심을 틱틱거리는 모습이 귀여워 티엘의 입가에 살짝 미소가 걸렸다.

로웰린은 잔잔한 곡에 몸을 맡겨 부드럽게 추었지만 활발한 성격을 지닌 크레티아는 달랐다.

그녀는 경쾌한 곡에 맞춰 빠른 템포로 몸을 움직이며 티엘을 리드하려고 했다.

'따라올 수 있죠?'

호기심 반, 장난 반 섞인 그녀의 눈은 그렇게 말을 하고 있었다.

피식 웃음을 지은 그는 고개를 끄덕이며 그녀를 이끌기 시작했다.

승작연은 평범하게 치러졌지만 티엘의 입지가 예전과 판이하게 달라졌다는 것을 보여준 시간이었다.

파티장을 나선 레디븐 백작은 표정을 굳힌 채 카이후와 제이안을 호출했다. 그리고 파티장에서 게스틴 후작과 친밀한 관계를 보였던 티엘의 모습을 간략하게 설명했다.

눈을 지그시 감은 카이후가 중얼거렸다.

"예상외입니다."

"나도 마찬가지다. 게스틴 후작이 그렇게 성격을 굽히고 나올 줄은 몰랐으니까."

그 부분을 예상치 못했기에 둘의 충돌을 예상했다. 카이후의 생각도 크게 다르지 않았다.

한동안 머리를 맞대고 대화를 나누던 두 사람의 모습을 살피던 제이안이 입을 열었다.

"그 부분에 대해서 심각하게 여기실 필요가 없는 것 같습니다."

"무슨 뜻이지?"

"제가 보기에 로운 후작이 맞춰주었을 가능성을 배제할 수 없습니다."

"맞춰줘?"

"종잡을 수 없는 성격이지만 그동안 보여준 모습을 감안하면 로운 후작은 상대의 의도대로 따라가는 것을 그리 좋아하지 않습니다. 아마 친한 모습을 보임으로써 주군이 의도한 것을 쉽게 얻어내는 것을 달갑지 않게 여겼을 것입니다."

"그럴듯하군. 계속 말해보도록."

티엘의 성향을 어느 정도 숙지하였기에 레디븐 백작이 제이안을 재촉했다.

"게스틴 후작이 맞춰준 것도 있지만 로운 후작 입장에서 주군은 가까이 하면서 한편으로는 견제해야 할 대상입니다. 로운 후작은 그 점에 착안한 듯싶습니다."

"내 장단에 맞춰주지만 모든 것을 얻게 해주지 않겠다는 의미로군."

"예. 그의 곁에 걸출한 책사들이 있다는 것도 잊으시면 안 됩니다."

"지금은 같은 길을 가는 동료지만 언제든지 적으로 돌변할 수 있다는 뜻인가."

"예."

"무슨 의미인지 알겠다."

갑작스러운 상황에 당혹스러움을 감추지 못했지만 제이안의 말대로라면 충분히 수긍이 가는 상황이었다.

"그쪽도 뛰어난 인물이 많은 만큼 어느 정도 예상했던 부분입니다. 로운 후작은 게으른 성격인 만큼 주군께서 신의를 배반하지 않는다면 좋은 관계는 지속할 수 있을 것입니다. 게스틴 후작은 언젠가 자멸할 인물이니 신경 쓰지 마시길."

"그래야겠군."

티엘에 대해 생각하면 할수록 머리가 지끈거렸다. 하지만 그만큼 중요한 인물이기에 정보 수집을 게을리 할 수 없는 것이 레디븐 백작의 입장이었다.

"그보다 경계해야 할 인물이 일레트로 후작입니다."

"분명 마음이 다급할 텐데 아무런 움직임도 보이지 않더군. 역시 노련한 여우야."

"그 부분을 언제나 마음에 품고 계시면 걱정하지 않으셔도 됩니다. 일레트로 후작도 한계에 다다른 만큼 언젠가 주군에게 굽히는 모습을 보이게 될 것입니다."

대부분의 군소 귀족들은 레디븐 백작에게 굴복하는 모습을 보였다.

이제 중앙 정계에서 레디븐 백작에게 목소리를 높일 만한 인물은 일레트로 후작과 게스틴 후작 정도였다.

"그렇게 되면 좋겠군."

이 지긋지긋한 정치 싸움이 끝나간다는 사실에 레디븐 백작은 가볍게 미소를 지을 수 있었다.

승작연은 귀족들의 치열한 정치 싸움이기도 했지만 자신의 위세를 확인하는 자리이기도 했다.

각자 속내를 숨긴 채 즐겁게 웃고 떠들면서 즐기던 그들은 저마다 친분을 다지기 바빴지만 히드로 2세의 상황은 사뭇 달랐다.

"폐하."

"괜찮습니다."

"……."

하브리스 공작은 자리에 일어나 힘없이 걸음을 옮기는 히드로 2세를 보며 가슴 아픈 표정을 지었다.

어떻게든 황제의 권위를 세워보기 위해 동분서주하고 있었지만 현 시점에서 큰 효과를 보지 못했다.

그것은 레디븐 백작을 황도로 불러들인 후에도 마찬가지

였다.

충신을 표방하고 있었지만 그는 세간에 알려진 것보다 훨씬 음흉한 인물이었다.

그는 교묘하게 자신이 놓은 권력을 놓지 않으며 히드로 2세가 지닌 영향력을 이용하여 세력을 키워 나갔다. 그러면서 언제나 충신의 모습을 보여주니, 히드로 2세는 속절없이 그에게 끌려 다니는 신세가 되었다.

그제야 자신이 오크를 쫓아내고 오우거를 불러들였다는 걸 알게 되었지만 상황은 돌이킬 수 없을 정도로 최악으로 치닫고 있었다.

"……."

둘 사이의 무거운 침묵은 히드로 2세의 개인 집무실로 향할 때까지 이어졌다.

그때까지 묵묵히 입을 다물고 있던 그가 말문을 열었다.

"공작님."

"하명하시옵소서, 폐하."

"짐은 요즘 고민이 많습니다. 현실과 이상 사이, 그 차이에서 오는 괴리감에 지쳐 이제는 포기해야 할 때가 된 게 아닐까 생각을 할 정도입니다."

"폐하……."

히드로 2세가 무엇을 말하고자 하는지 하브리스 공작은 모르지 않았다.

무너진 권위를 다시 세우고자 노력하는 그였지만 한 번 무너지자 다시 그것을 쌓는 것은 전보다 더 어려운 일이 되었다.

권력을 노리는 이들이 득실거리는 것이 현 시점이었고, 어느 누구 하나 믿을 자들이 없고 만만한 자들 또한 없었다.

이제 포기하고 싶다는 생각이 히드로 2세의 마음을 가득 채워 나갔다.

허수아비 황제 신세를 인정하면, 그래도 황실을 존속하면서 속 편하게 살 수는 있을 것이다.

"이럴 때는 로운 후작이 참으로 부럽습니다. 거침없는 성격과 그것을 누구도 제지하지 못하게 만드는 실력. 아름다운 부인들을 보면서 제국의 지배자인 제가 너무나 초라하게 느껴졌습니다."

"그는 폐하의 신하일 뿐입니다."

"신하보다 못한 군주이기에 하는 말입니다."

"그건……."

예라고도, 아니라고도 할 수 없었다. 예라고 하면 히드로 2세의 현 상황을 이해하는 꼴이고, 아니라고 하면 거짓을 고하는 것이 된다.

"공작님은 내가 어떻게 했으면 좋을 것 같습니까?"

"폐하, 신은… 신은……."

하브리스 공작은 아무것도 할 수 없는 자신의 처지에 말끝을 흐리면서 아무 말도 하지 못했다.

마음 같아서는 절대 포기하지 말라고 말하고 싶었다. 하지만 그가 얼마나 많은 노력을 해왔는지, 열심히 움직였는지 지켜보았기에 포기하지 말고 끝까지 덤벼보라고 말을 할 수 없었다.

'나는 무엇을 위해 검을 들었는가.'

제국 근위기사단장.

절대강자.

모두 자신을 수식하는 단어였지만 지금은 아무것도 할 수 없는 뒷방 늙은이에 불과했다.

절대 권력 다툼에 검을 쓰지 않겠다던 신성한 맹세는 히드로 2세의 어려움을 두 눈 앞에서 목격하고서도 거둬들일 수 없었다.

하브리스 공작이 입을 다물자, 집무실에는 다시 무거운 침묵이 내려앉았다.

이미 그가 할 수 있는 말이 없다는 것을 알고 있는 히드로 2세로서는 쓴웃음을 지으면서 연거푸 차를 들이켰다.

그때, 집무실에 낮은 목소리가 울려 퍼졌다.

"그럴 때는 폐하를 위해 목숨을 바치겠다고 하면 되는 것이다."

"누구냐!"

찰나의 순간 반응한 하브리스 공작은 날카로운 예기가 쇄도하는 것을 느끼고 검을 뽑아 들었다.

쓰쓰쓰!

푸른 오러가 뿜어지면서 날아드는 물체를 단숨에 베어버렸다.

반으로 잘려 바닥을 뒹구는 물체를 본 그는 멍한 표정을 지었다.

"동전……?"

"실력이 줄었군, 하브리스 공작."

질책 섞인 목소리와 함께 모습을 드러낸 인물은 누구도 예상치 못한 이였다.

잠시 멍한 표정을 짓고 있던 히드로 2세는 자리에서 일어나 목소리를 높였다.

"숙부님!"

"자주 찾아뵙지 못했습니다, 폐하. 불충한 신을 용서해 주시길."

정중하게 예를 취하는 인물은 히드로 2세의 숙부인 카본 대공이었다.

카본 대공은 리그디스 공작의 폭정에서 무사한 유일한 인물로, 사십여 년 전, 성인이 되기 무섭게 영지를 얻어 독립한 인물이었다.

그에 대해 알려진 것은 많지 않지만 제국 서북부 영지를 지배하고 있는 인물로, 잦은 이민족의 침공으로 좀처럼 황도를 방문하지 못했다.

근래 들어 북부를 일통한 윈스터 후작의 세력 때문에 다시 한 번 관심이 집중되고 있었다.

그가 거느린 세력에 비하면 카본 대공의 군사력은 극히 미미한 수준에 불과했기 때문.

조금씩 도발을 해오는 윈스터 후작의 존재 때문에 바삐 움직이고 있다고 알려진 그가 황도에 모습을 드러낸 것은 의외일 수밖에 없었다.

"황도까지 오셨으면 말씀을 해주시지요."

"소식을 전할 만한 입장으로 온 것이 아니기에 알리지 않았습니다. 용서해 주시길."

"숙부님이 용서를 구할 필요는 없습니다. 다만 좀 더 자주 방문해 주셨으면 하는 마음이 있을 뿐."

"하하! 폐하께서 신을 그렇게 아껴주시니 자주 방문하도록 하겠습니다."

"숙부님의 방문만으로도 큰 힘이 될 것입니다."

"그렇습니까? 안 그래도 폐하에게 더 큰 힘이 되어드리고 자 이렇게 찾아뵙게 되었습니다."

"더 큰 힘이라면?"

"우선 그 부분에 대해 하브리스 공작과 대화를 나눌 것이 있습니다."

그 말과 함께 카본 대공의 시선이 하브리스 공작에게 향했 다. 그를 바라보는 눈은 싸늘하기 그지없었다.

"이토록 무딘 맹세를 하는 자가 근위기사단장이라니, 그러 고도 네가 제국의 충신이라 자부할 수 있나, 하브리스 공작?"

"……."

신랄한 지적에 하브리스 공작의 표정이 딱딱하게 굳어갔 다.

흘러가는 상황이 어떻게 된 것인지 알아차리지 못한 히드 로 2세는 깜짝 놀란 표정을 지었다.

"수, 숙부님! 왜 그러시는 것입니까?"

"하브리스 공작은 본인의 임무를 망각하고 폐하를 궁지로 몰아넣었습니다. 이 죄는 죽음으로 사죄해도 백 번 모자른 것 입니다."

"아닙니다. 하브리스 공작님은 언제나 제 곁을 보좌하며 맡은 바 임무를 충실히 수행하셨습니다."

"…폐하께서 말씀하시고자 하는 것이 무엇인지 알겠습니

다. 하지만 지금은 하브리스 공작이 맡은 임무에 대해 제대로 수행하지 못한 것을 탓해야 합니다."

"숙부님."

"제 무례는 나중에 탓해주시길."

정중하게 예를 취한 카본 대공의 날카로운 시선이 하브리스 공작에게 향했다.

"말해봐라."

"모든 것이 내 잘못이다."

"그런 틀에 박힌 변명 따위를 듣고자 함이 아니다."

"널 부른다는 것은 생각할 수 없었다. 서북부는 제국의 주요 국경지대이자, 날이 갈수록 세력이 성장하고 있는 윈스터 후작가를 견제할 수 있는 유일한 곳이니까."

제국 서북부는 몬스터 산맥과 이웃 왕국을 접한 최전선이었다.

북부를 일통한 윈스터 후작가를 왼쪽에서 날카롭게 공략할 수 있기에 그곳의 카본 대공을 황도로 불러들인다는 것은 감히 상상할 수 없었다.

"그게 끝인가?"

"모든 것이 내 잘못이다. 목숨이 필요하다면 내놓겠다."

"쓸모가 많은 네놈의 목숨을 지금 이 자리에서 거둘 필요는 없다. 죽고 싶다면 로운 백작이란 녀석과 자폭을 하든가."

날 선 그의 음성은 하브리스 공작의 가슴을 거침없이 헤집어놓았다.

그 상황을 잠자코 지켜보던 히드로 2세는 더 이상 참지 못하고 카본 대공을 불렀다.

"숙부님!"

"예, 폐하."

"대체 지금 이게 무슨 행동입니까?"

"죄송합니다. 처음에는 폐하께 설명을 드리고자 했으나, 이 녀석의 행동이 너무 우유부단하고 어리석어 참을 수가 없었습니다. 지금부터 자세히 말씀드리도록 하겠습니다."

"좋습니다."

순순히 나오는 카본 대공의 모습에 히드로 2세도 편히 앉으며 경청할 자세를 취했다.

"우선 제가 이 녀석을 타박한 것은 현재 폐하께서 제국의 숨은 힘을 제대로 활용하지 못하고 계시기 때문입니다."

"제국의 숨은 힘?"

처음 듣는 내용에 의아한 표정을 짓는 히드로 2세.

카본 대공이 쓴웃음을 지으며 입을 열었다.

"제 입으로 이렇게 말하기 어려우나, 제가 바로 제국의 숨은 검입니다."

"숨은 검? 숨은 검이라면 설마?"

언젠가 한 번 들어본 내용에 히드로 2세가 두 눈을 번쩍 떴다.

그가 말하는 바가 무엇인지 알아차린 것이다.

제국의 숨은 검.

그것은 제국 최강의 검과 대비되는 황실의 숨은 힘을 말한다.

하브리스 공작이 제국을 수호하는 최강의 검이다. 그는 절대강자의 반열에 올라서 있으며, 황실의 수호에 힘을 쏟고 있었다.

반면 제국의 숨은 검은 모습을 드러내지 않는 은밀한 존재였다.

히드로 2세조차 모를 만큼 은밀한 존재들이어서, 누가 숨은 검인지 알고 있는 이가 거의 없었다.

"어찌 숙부님께서……."

"모든 것이 위장이었습니다."

"이럴 수가."

허탈한 표정을 지으며 고래를 절레절레 젓는 히드로 2세였다.

그가 알고 있는 카본 대공은 검 한 번 잡아본 적 없는 인물이었다.

체격이 좋았지만 검을 열심히 수련한 사람처럼 근육질의

몸이 아니었기에 단순히 타고난 것이라 생각했을 뿐이었다.

"숨은 검은 제국의 존립이 위태로울 때 모습을 드러내게 되어 있습니다. 제가 얻은 힘은 그것을 기반하고 있기에 이제야 모습을 드러내게 되었습니다."

숨은 검은 제국의 미래를 좌지우지할 수 있는 강한 힘을 지니고 있었다.

하지만 히드로 2세는 새롭게 얻은 그의 존재보다 방금 전말을 듣고 표정을 굳혔다.

"…숙부님께서는 지금 제국의 존립이 위태롭다고 여기신 것입니까?"

"그렇습니다."

"어찌하여……."

"내부에서는 간신들이 날뛰고 있고, 제국 곳곳에는 영주들이 폐하의 허락도 없이 전쟁을 벌이고 있습니다. 그들은 자신의 영지에서 사실상 왕과 같은 위세를 떨치고 있으니 이는 곧제국이 사분오열될 위기에 처했다는 것을 의미합니다."

"그럼 왜, 왜 하필 지금 나타나신 겁니까! 리그디스 공작이 날뛸 때 도와주셨다면 이런 상황이 벌어지지 않았을 텐데!"

울분에 찬 히드로 2세의 외침이 울려 퍼졌다. 하지만 카본 대공의 대답은 냉정했다.

"리그디스 공작이 권력을 잡고 있을 때 제국은 이 지경이 아니었기 때문입니다."

"숙부님!"

"리그디스 공작이 있을 무렵 각지의 영주들은 그의 위세에 눌려 독립을 꿈도 꾸지 못했습니다. 하지만 리그디스 공작이라는 강력한 구심점이 사라지면서 제국이 분열되기 시작했습니다. 지금도 형태를 유지하고 있을 뿐, 사실상 여러 조각으로 분리된 것이나 다름없습니다."

"그럼 왜 반 리그디스 공작 연합군을 조직할 때 군을 보낸 것입니까."

"그것은 폐하의 숙부 된 입장으로써 군을 동원한 것뿐입니다."

"……."

냉정한 그의 말이 가슴 깊숙한 곳을 헤집었다.

"그럼 숙부님께서는 어떻게 했으면 좋겠습니까."

"제가 숨은 검임을 밝혔으니 결정은 오로지 폐하께서 내리셔야 합니다."

"조언을 구해도 말입니까?"

"그렇습니다. 폐하께서는 스스로 내리신 판단을 믿지 못하시는 겁니까?"

"아무것도 모르던 시절, 황세의 자리에 올라 이제껏 누군가에게 조종되는 삶만 살아왔습니다. 제가 올바른 판단을 내리시길 원하는 건 욕심입니다."

날카로운 두 눈은 카본 대공을 향하고 있었다. 하지만 그는 히드로 2세의 반응에 기분 나빠하기보다 오히려 웃음을 지으며 고개를 끄덕여 보였다.

"폐하께서는 충분히 답을 알고 계십니다."

"저도 이상적인 방향이 무엇인지 정도는 알고 있습니다. 하지만 숙부님이 숨은 검이라고 해도 저들은 강대하고 교활합니다."

"숨은 검을 쥐어드렸으니 사용하는 것은 온전히 폐하의 역량에 달려 있습니다. 결정은 폐하의 몫이니 언제든지 명을 내려주시면 됩니다."

이토록 자신감을 보이니 히드로 2세로서도 마음을 달리 먹을 수밖에 없었다.

"…한 가지 묻겠습니다. 숙부님의 실력은 어느 정도입니까?"

"누구를 기준으로 삼으면 됩니까."

"클레디오 백작, 그리고 로운 후작입니다."

제국 최강이라 칭해지는 두 검사였다.

이미 그들의 실력에 대해 물어볼 것을 짐작한 듯 고개를 끄덕인 카본 대공이 하브리스 공작에게 물었다.

"그들의 실력이 어느 정도지?"

잠시 멈칫한 하브리스 공작이 표정을 일그러뜨리면서 말했다.

"클레디오 백작과 겨루면 백 합 이내에 패할 것이다. 로운 후작은… 짐작하기 힘들다. 막연하게 느껴지는 감각마저 존재하지 않는다."

"……."

이토록 적나라하게 말할 줄 몰랐던 히드로 2세의 두 눈이 커졌다.

하브리스 공작이 근위기사단장이 될 수 있었던 것은 한때 제국 최강의 검사라는 수식어를 부여받았기에 가능한 일이었다.

절대강자의 일인이자, 그들 중에서 최강의 실력을 지녔다고 알려진 그가 자존심을 접고 패배를 수긍했다는 사실이 히드로 2세로서는 믿기 힘든 사실이었다.

"나와 비교하면?"

"오랫동안 겪어보지 않아서 모르겠군. 하지만 장담할 수 없다."

"그 정도인가? 제국 최강이라는 이름이 헛되지 않군."

"클레디오 백작을 말하는 것이다."

한 사람의 이름이 빠져 있다는 사실에 카본 대공이 눈을 번뜩였다.

"로운 후작은?"

"그의 실력은 짐작이 불가능한 수준이기에 장담할 수 없다."

"한번 만나봐야겠군."

대수롭지 않게 대답하는 카본 대공이었지만 그 광경을 바라보는 히드로 2세의 마음은 달랐다.

"숙부님이 로운 백작을 만나볼 생각입니까?"

"그렇습니다. 결정은 온전히 폐하가 내리시면 됩니다. 폐하께서 만나지 말라고 하시면 로운 후작을 만나지 않겠습니다."

"한 가지 묻겠습니다. 숙부께서는 클레디오 백작을 상대할 수 있습니까?"

방금 전까지 머리에 맴돌던 생각, 그것은 카본 대공이 대수롭지 않게 클레디오 백작을 감당할 수 있다고 언급한 부분이었다.

"하브리스 공작의 말이 사실이라면 가능할 것입니다."

"……."

놀라운 사실이었기에 히드로 2세는 한동안 아무 말도 하지 못했다.

"제가 원한다면 그를 제거할 수 있습니까?"

"하명하시면 당장 제거하도록 하겠습니다. 하지만 시간이 필요합니다."

카본 대공은 제국의 숨은 검.

공식석상에 모습을 드러낸 인물이 아니기에 어둠 속에서 은밀하게 움직이는 모습을 보인다.

정정당당보다 확실한 기회 포착을 추구하는 것이 바로 제국의 숨은 검이 하는 일이다.

"우선 로운 후작을 만나보시길. 그를 보고 숙부님이 결정을 내려주십시오."

"알겠습니다. 하지만 한 가지만 알아주십시오, 폐하."

"예?"

"저 혼자 로운 후작이나 클레디오 백작을 감당하지 못할 수 있지만 하브리스 공작과 힘을 합친다면 누구도 감당하지 못한다는 것을."

"……!"

마치 깨달음을 얻은 것처럼 히드로 2세의 두 눈이 크게 뜨였다.

그의 말처럼 혼자서 힘들다면 둘이서 힘을 합치면 된다.

절대강자인 하브리스 공자와 제국의 숨은 검, 카본 대공.

두 절대강자의 합공이라면 다른 절대강자가 버텨내는 것은 불가능한 일일 것이다.

"믿겠습니다."

입을 굳게 다문 히드로 2세를 보며 카본 대공이 미소를 지어 보였다.

파티의 중심이 된 티엘은 밤늦게까지 자리를 지키다가 저택으로 돌아갈 수 있었다.

그들만 있는 자리에서 로웰린이 품고 있던 의문을 꺼내 들었다.

"그런데 왜 그렇게 말씀하셨던 건가요?"

"적당히 장단을 맞춰줄 필요가 있어서다."

"장단이요?"

"레디븐 백작과 본가가 긴밀한 관계를 맺고 있다는 걸 보여줄 필요가 있을 뿐이다. 행여나 귀찮은 일을 겪게 되는 걸 차단하기 위함이니까."

"아! 그래서 그렇게 말씀하셨던 거군요."

티엘은 여러 차례 레디븐 백작을 본 적이 있지만 로웰린이나 크레티아는 달랐다.

제대로 된 면식조차 없었지만 티엘이 사전에 언질을 주었다. 레디븐 백작과 마주치게 되면 최대한 화기애애한 분위기로 만들라고.

제국사대미녀라는 칭호와 함께 파티에 등장하면 무수히 많은 사람이 모여들었기에 그녀들은 대화 분위기를 능숙하게 다룰 줄 알았다.

덕분에 레디븐 백작은 큰 덕을 볼 수 있었다.

"그런데 게스틴 후작과는 왜……."

로웰린이 말끝을 흐리면서 힐끗 티엘의 눈치를 살폈다.

황도에서 열리는 파티에 자주 참가했던 그녀였던 만큼 게스틴 후작이 어떤 인물인지 아주 잘 알고 있었다.

교활한 권력의 노예.

절대 가까이 해서는 안 될 인물이 바로 게스틴 후작이었다. 그런 그가 자존심을 굽혔다고 하지만 친하게 지낸 것은 납득하기 힘든 사실이었다.

"그럴 필요가 있었을 뿐이다."

"그렇군요."

자세한 설명이 나오지 않았지만 로웰린은 더 묻지 않았다. 한 가문을 다스리는 입장으로서 해야 할 말과 하지 말아야 할 말이 존재했다.

"궁금하지 않나?"

"궁금한 것과 중대 사안은 별개의 문제라고 생각해요."

"그렇군."

나아갈 때와 침묵해야 할 때를 정확하게 파악하고 있는 로웰린은 능히 정세의 흐름을 꿰뚫어 볼 수 있는 안목을 지니고 있었다.

"앞으로 잘 부탁하지."

"최선을 다할게요."

로웰린은 부드러운 미소를 지어 보였다.

저택에 도착한 티엘은 간단하게 씻고 난 뒤 집무실에 틀어 박혀 사색을 즐겼다.

차 한 잔 마실 시간이 지날 무렵, 안쪽에서 기별이 오면서 한 사람이 모습을 드러냈다.

"주군을 뵙습니다."

공손히 예를 취하는 이는 제이론이었다.

갑작스러운 방문이었지만 티엘은 개의치 않고 그를 맞이 하였다.

"올 줄 알았다."

"죄송합니다, 궁금증을 참을 수 없어서 늦은 시간에 찾아 뵙게 되었습니다."

"파티의 일 때문인가?"

"예, 그렇습니다. 주군의 의중을 짐작할 수 없어 이렇게 찾 아왔습니다."

승작연에 참가하여 티엘이 할 행동은 이미 정해진 수순이 었다.

제이론은 원하는 부분에 대해 넌지시 전달을 했기에 그가 게스틴 후작과 어울린 것은 예상에서 벗어난 상황이었다.

"간단하다. 단순한 변덕이다."

"단순한 변덕… 입니까?"

"너무 순탄하게 가는 게 재미가 없었을 뿐이다."

"자세히 말씀해 주십시오."

"레디븐 백작과 친분을 맺는 것도 좋지만 그도 결국 적 중하나에 불과하지. 자연스럽게 필요 이상으로 친하게 지내려하는 것을 제지하려고 했다."

"아, 그 말씀은……."

티엘이 말하는 부분이 무엇인지 알아차린 제이론이 눈을빛냈다.

친분 관계의 형성, 초기에 얼마나 중요하다는 것을 모르는이는 없다.

레디븐 백작과 친밀함을 보임으로써 중앙 정계의 영향력을 확대하려고 했지만 한편으로는 제국 최강으로 떠오른 티엘의 이름을 레디븐 백작이 이용할 가능성도 무궁무진했다.

그 부분에 대해 토릭슨은 이미 수차례 염려를 드러내고는했다.

그리고 티엘이 그 부분을 경계하고자 행동으로 옮겼던 것이다.

모든 정황을 이해한 제이론은 자신의 실수를 깨닫고는 사과했다.

"죄송합니다. 그 부분까지 주군에게 전해드리지 못했습니다."

"괜찮다. 나도 내가 멋대로 결정을 내리고 행동했으니까."

"오히려 복이 될 것입니다. 주군에게 제국 최강이라는 이름이 있는 이상, 그 누구도 주군을 쉬이 대하는 것은 있을 수 없는 일입니다. 설사 황제 폐하라 하더라도 주군이 이룬 성취에 존중을 보이셔야 합니다."

"그 정도는 바라지도 않아. 레디븐 백작이 귀찮게 굴 수 있는 걸 미연에 차단한 거니까."

그것이 가장 큰 이유라고 생각하니 모든 정황이 납득되기 시작했다. 제이론은 입가를 비집고 흘러나오는 웃음을 참지 못하고 터뜨렸다.

"하하! 하지만 그것 때문에 오히려 주군이 불편해질 수도 있을 것 같습니다."

"무슨 뜻이지?"

"게스틴 후작에게 그런 모습을 보여주신 점은 다른 귀족들에게도 일말의 희망을 제공했다는 뜻이 됩니다. 당장 게스틴 후작과 번번이 충돌하는 일레트로 후작은 몸이 달았을 것입니다. 그 외에도 주군과 끈을 대고자 하는 귀족들이 줄기차게 방문을 하게 될 것입니다."

"……."

표정을 굳힌 티엘의 미간이 찌푸려졌다. 그 모습을 보면서 왜인지 모르게 마음이 유쾌해지는 제이론이었다.

"주군께서는 가급적 그들의 방문을 받아주셔야 합니다."

"왜지?"

"그래야 훗날의 귀찮음을 덜어낼 수 있기 때문입니다."

"훗날의 귀찮음이라……."

"황도에 올 기회가 많지 않으니 최대한 이익을 취하려는 행동입니다. 아무 쓸데 없지만 주군의 귀찮음을 덜게 만들어 줄 정도의 역할은 할 수 있으니 그들의 말을 받아주는 것만으로도 효과를 볼 수 있을 것입니다."

"생각은 해보도록 하지."

불퉁한 표정으로 대답하는 티엘이었지만 사실상 승낙과 다름없는 말이라는 것을 느낀 제이론은 미소를 지을 수 있었다.

제이론의 말은 거짓이 아니었다.

파티가 끝나고 이틀이 지난 뒤, 귀족들의 방문이 줄기차게 이어졌던 것이다.

가급적 모두 만나보라는 세이론의 부탁이 있었지만 귀찮은 손님의 존재에 티엘은 거처에 틀어박혀 두문분출하면서 로웰린과 크레티아에게 손님을 맞이하게 하였다.

아름다운 그녀들의 응대에 귀족들은 티엘을 만나지 못했다는 아쉬움을 표출하기는커녕 오히려 만족한 기색으로 돌아가고는 했다.

부인이 대접을 해줬다는 것만으로도 티엘과 친분을 쌓았다고 할 수 있는 부분이었기에.

그러다 보니 오히려 티엘보다 그녀들을 만나기 위해 많은 사람이 방문할 지경이었다.

귀찮은 일을 모두 떠넘긴 티엘은 황도에서 유유자적한 나날을 보냈다.

자고 싶을 때 잠을 청하고, 먹고 싶을 때 먹으면서 마음 편히 지내는 무의미한 나날이었다.

오늘도 차 한 잔과 함께 과자를 먹으며 독서를 하던 그는 갑작스러운 크레티아의 방문에 의아한 표정을 지었다.

"무슨 일이지?"

"일레트로 후작님이 방문하셨어요."

"그게 왜?"

귀족들이 방문하면 응대하는 것은 로웰린과 크레티아였다. 여느 때처럼 상대하면 되는 일인데 찾아온 이유가 무엇인지 의아할 수밖에 없었다.

"백작님을 볼 때까지 돌아가지 않겠다고 버티고 있어요."

"무의미한 짓이로군."

티엘은 냉소를 지으며 혀를 찼다.

게스틴 후작과 친밀한 모습을 보이면서 반대편 진영에 선 일레트로 후작은 자신의 정치적 생명에 심각한 위험을 느꼈을 것이다.

그를 따르는 귀족들의 눈초리가 점점 심해지니 자연히 무거운 엉덩이를 떼어 저택을 방문했지만, 티엘이 수련을 핑계 삼아 두문불출한다는 사실은 이미 유명했다.

"일레트로 후작님이 온 지 오늘로 일주일째예요."

"일주일이라고?"

"직접 뵐 때까지 절대 물러서지 않겠다고 공언했어요. 로웰린 언니가 설득을 하려고 하지만 쉽지 않고요."

"그래서, 내가 나서길 원하는 건가?"

"네……."

순간 티엘의 머릿속에 떠오른 것은 제이론이 했던 말이었다.

권력의 한 축인 게스틴 후작과 친근한 모습을 보였으니 일레트로 후작도 움직일 수밖에 없다는 뜻.

그는 자신의 정치 생명이 달린 만큼 필사적으로 티엘과 만나고자 할 터였다.

'한 번쯤 만나봐야 한다는 뜻이로군.'

그리 내키지 않는 인물이었지만 피할 수도 없는 일이기에 티엘이 자리에서 일어났다.

"그러지."

"감사해요."

"아니, 내가 해야 할 일을 대신 해준 거니 오히려 내가 고맙다."

옅은 미소를 지어 보인 티엘은 일레트로 후작이 있는 곳으로 걸음을 옮겼다.

그 시각, 일레트로 후작을 상대하고 있는 로웰린은 곤혹스러운 표정을 감추지 못했다.

상대는 정계의 거물이자, 아버지 드루윙 백작보다 나이가 많은 인물이었다.

그럼에도 그는 그녀에게 고개를 숙이는 것을 서슴지 않았다.

"부탁드리겠습니다, 후작 부인. 로운 후작님을 만나게 해 주십시오."

"제가 할 수 있는 일이 아닌걸요."

"후작 부인이 불가능하다면 누가 가능하다는 말입니까. 긴 시간이 필요한 게 아니니 부탁드리겠습니다."

"이렇게 하셔도 제가 해드릴 수 있는 것은 없어요. 죄송합니다."

그것은 로웰린이 할 수 있는 최선이었고, 일레트로 후작도 크게 기대하지 않은 듯 고개를 끄덕였다.

"그렇습니까. 그럼 오늘은 물러나도록 하겠습니다."

"아니, 물러날 필요 없다."

응접실을 울리는 목소리와 함께 티엘과 크레티아가 모습을 드러냈다.

목표했던 인물의 등장에 일레트로 후작이 반색하며 자리에서 일어났다.

"나가 있도록."

인사를 듣기 전, 티엘은 로웰린과 크레티아를 밖으로 내보냈다. 심상치 않게 흘러가는 분위기에 일레트로 후작은 입을 다물면서 조용히 그의 기색을 살폈다.

"무슨 일로 찾아왔지?"

"우선 귀찮게 해드려서 진심으로 죄송합니다, 후작님."

"귀찮게 만들었으니 내 마음이 편하지 않다는 것도 알고 있겠군."

"물론입니다. 그 부분에 대해 진심으로 사죄드리며, 드리고 싶은 말이 있어 찾아오게 되었습니다."

"말하도록."

"적어도 게스틴 후작보다 제가 더 쓸모 있을 것 같아 찾아오게 되었습니다."

"쓸모?"

일레트로 후작은 티엘이 반응을 보이자, 자세를 바로 하며
말을 덧붙였다.

"그렇습니다. 후작님은 게스틴 후작과 전혀 어울리지 않는
성격이라 보았습니다. 게스틴 후작이 나름 머리를 굴려 후작
님과 어울리도록 성격을 죽였지만 후작님께서 더 배려를 해
주셨다는 것을 알게 되었습니다."

말을 하는 일레트로 후작의 태도는 필사적이었다. 티엘은
그가 자신의 행동이 의미하는 바를 눈치챘다는 것을 알아차
리고는 입꼬리를 말아 올렸다.

"계속 말해보도록."

"게스틴 후작은 신의가 없고, 재물을 밝히는 인물입니다.
저도 권력을 탐하는 것은 사실이지만 적어도 제 사람에게 신
의는 지켜왔다고 생각합니다. 간단하게 생각해 주십시오, 이
용 가치가 더 많은 것은 저라는 걸."

티엘에게 있어서는 단순히 게스틴 후작이냐, 일레트로 후
작이냐 하는 문제였지만 당장 일레트로 후작에게는 자신의
정치 생명과 손에 쥐고 있는 권력의 향방이 갈라질 수 있는
것이었다.

상대가 절실하지 않으니 그가 더욱 필사적으로 매달릴 수

밖에 없었다.

"이용 가치라."

"예, 맡겨만 주신다면 몸소 증명해 보이도록 하겠습니다."

"재미있군."

백기투항을 하면서 모든 지시에 따르겠다는 태도에 티엘은 고개를 끄덕이며 제이론을 호출하였다.

정계의 관계 설정에 여념이 없던 그는 티엘과 일레트로 후작이 만나고 있는 것을 보고 놀란 표정을 지었다.

"인사해라."

"슈마커 남작입니다."

"일레트로 후작일세."

"알고 있습니다. 그런데 주군, 제가 이 자리에 왜 온 것인지……."

"내 행동의 의미를 알아차렸더군. 자신이 더 쓸모 있는 패라고 하는데 어떻게 생각하지?"

티엘의 물음에 일레트로 후작은 시험대 위에 선 것처럼 잔뜩 긴장한 표정을 지었다.

제이론은 짧은 시간 여러 가지 상황을 설정하고 고민해 본 뒤, 입을 열었다.

"서로 원하는 부분을 취하기에는 게스틴 후작님보다 일레트로 후작 각하가 더 적합한 것은 사실입니다."

"그래?"

"예, 정계의 노련함은 일레트로 후작 각하가 더 뛰어납니다."

"그렇군."

고개를 끄덕인 티엘이 자리에서 일어났다. 의아한 표정을 짓는 일레트로 후작을 보며 입꼬리를 말아 올린 채 말했다.

"다음 일은 슈마커 남작과 상의하도록. 쓸모 있다는 것을 증명하면 기꺼이 지원하도록 하지."

"감사합니다!"

가까스로 동아줄을 붙잡은 일레트로 후작의 환하게 바뀌며 외쳤다.

제4장
카본 대공과 하브리스 공작

일레트로 후작과의 협력을 전적으로 제이론에게 맡긴 뒤,
티엘은 로웰린과 크레티아를 대동하고 황도 곳곳을 구경하면
서 시간을 보냈다.

　유구한 역사의 깊이가 더해진 제국의 황도는 돈만 있으면
얼마든지 즐기고 관람할 것이 넘쳐나는 곳이었다.

　함께 연극을 관람하기도 하고, 타 왕국의 이색적인 음식을
즐기기도 하면서 하루하루 즐거운 시간을 보냈다.

　"이렇게 시간을 보내도 괜찮은가요?"

　"아무 문제도 없는데 이상할 리가 없겠지."

영지도 가신들이 알아서 잘 운영하고 있고, 황도의 상황도 제이론이 적절하게 균형을 맞추고 있었다. 티엘이 할 일은 없는 것과 다름없었다.

"그러네요."

"그런 건 신경 쓰지 말고 즐길 수 있을 때 즐기도록. 언제 황도에 다시 올지 알 수 없으니까."

"네."

위태로웠던 드루윙 백작의 모습을 곁에서 지켜보았기에 로웰린은 잔걱정이 많았다. 티엘의 확신 어린 말에 마음을 놓은 그녀는 함께 어울리면서 즐겁게 시간을 보냈다.

쇼핑이 하고 싶으면 디자인 숍에 들러 갖가지 옷을 주문했고, 무기점에 가서 명검을 수집하기도 했다.

폭탄이 떨어진 것처럼 살얼음이 뚝뚝 떨어지는 정계의 상황과는 상반된 행보였다.

현재 황도의 정계는 티엘이 게스틴 후작과 친근한 모습을 보이다가 돌연 일레트로 후작과 가까운 모습을 보이면서 복잡한 양상을 띠고 있었다.

레디븐 백작은 이를 바로잡고 주도권을 가지기 위해 동분서주하고 있었으며, 일레트로 후작과 게스틴 후작은 살아남기 위해 필사적으로 발버둥 치면서 연일 소리 없는 전쟁이 벌어지고 있었다.

황도에 도착한 지 약 두 달여가 되었을 무렵, 티엘은 여전히 떠날 생각을 하지 않고 부인들과 시간을 보내는 데 주력하고 있었다.

오늘도 황도를 돌아다니던 그는 미세하게 발산되는 기세를 감지할 수 있었다.

극도로 농축시킨 기세는 암살자의 살기보다 더 날카롭고 은밀했다.

잠시 멈칫한 티엘은 여느 때처럼 평온한 표정을 유지한 채 호위를 서고 있던 렉스터 남작을 불렀다.

"지금 당장 저택으로 돌아가도록."

표정과 달리 그의 음성은 무겁게 가라앉아 있었다.

심상치 않은 일이 발생했다는 것을 느낀 렉스터 남작은 표정을 굳히고는 고개를 끄덕였다.

"알겠습니다."

"안으로 들어가서 경계 태세를 취하도록. 뒤따라 들어가도록 하겠다."

"예. 모두 부인들을 모시고 들어간다."

호위를 서고 있던 이들은 신속한 움직임으로 로웰린과 크레티아를 호위한 채 저택으로 향하기 시작했다.

갑작스러운 움직임에 그녀들은 당혹스러운 표정을 지었지만 굳어 있는 렉스터 남작의 얼굴을 보고 심상치 않은 일이 벌어지고 있음을 알아차렸다.

홀로 남은 티엘은 황도 시가지를 벗어나 인적이 드문 골목 길로 향했다.

다른 사람의 시선이 미치지 않는 곳에 도착하게 되자, 그의 입이 열렸다.

"그만 모습을 드러내지."

"역시 소문대로군."

짝짝짝!

나지막한 감탄과 함께 한 사람이 모습을 드러냈다.

그의 얼굴을 본 티엘의 눈에 의아함이 서렸다. 자신에게 기세를 흘린 그는 히드로 2세와 놀랄 만큼 닮아 있었던 것이다.

"황제와 닮았군."

"후후, 알아보았나."

"정체를 알려주었으면 좋겠는데."

"맞춰볼 생각은 없나?"

"귀찮은 일에 머리 쓰는 건 질색이다."

"저런, 의욕을 보여주었으면 했는데. 갑작스럽게 찾아온 것도 나니 정체를 밝히는 게 예의겠지. 내 이름은 프리드리히. 전대 황제 폐하에게 카본이라는 성을 하사받았지."

"카본 대공? 그랬군."

히드로 2세의 숙부이자, 제국 서북부를 지키고 있는 그라면 가능한 일이었다.

하지만 지금 그의 모습은 그동안 익히 듣던 것과 사뭇 달랐다.

"세상을 속였군."

"속인 것이 아니라 드러내지 않았을 뿐이라고 해줬으면 좋겠군."

"그래서, 용건이 뭐지?"

"바로 용건을 묻는 건가. 나는 갑작스럽게 등장해서 제국 최강이라는 타이틀을 차지한 네게 관심이 많은데."

"관심이라, 사양하지."

심상치 않은 기세가 느껴지고, 세상에 실력을 숨겨온 것이 의아했지만 알고자 하는 의욕은 없었다.

카본 대공이 피식 웃었다.

"사양하려고 해도 피할 수 없는 것이 존재하게 마련이지."

"무슨 뜻이지?"

"그쪽이 싫다고 해도 내가 알아야겠다고 하는 한, 응해야 한다는 뜻이다."

"……."

그를 바라보는 티엘의 눈이 날카로워졌다. 카본 대공은 개의치 않고 속내를 내다보려는 것처럼 눈에 힘을 줘서 바라보았다.

하지만 눈 밖으로 드러난 감정은 아무것도 없었다.

'감정을 완벽하게 통제할 줄 안다는 뜻이로군.'

절대강자의 반열에 올라선 이상 감정을 통제하는 것은 어려운 일이 아니었다.

그럼에도 시도를 해보았던 것은 티엘이라는 인물이 소문과 얼마나 비슷한지 알아보기 위함이었다.

"귀찮은 일을 피하려면 내 질문에 대답해 주는 것만큼 쉬운 일이 없겠지."

"묻도록."

'소문 그대로란 건가······.'

귀찮은 것을 극도로 싫어하고, 누구에게도 굽히지 않는 강한 성격의 소유자가 비로 티엘이었다.

"묻지, 그대는 제국의 미래를 어떻게 생각하지?"

"언젠가 무너질 모래성이라고 하지."

"모래성이라고?"

"구구절절 설명까지 해줘야 하나?"

마치 농담을 하는 것처럼 대수롭지 않은 어조였다. 하지만 그 이면에 실린 냉소를 접한 카본 대공은 찬물을 뒤집어쓴 기분이었다.

자연히 그의 입꼬리가 말려 올라갔다.

비틀린 웃음이었다.

"재미있군."

"내 이야기가 재미있을 줄 몰랐군."

"내 앞에서 제국이 무너질 거라 이야기하는 것이 재미있었을 뿐이다. 그럼 한 가지 더 묻지, 로운 후작 그대는 무너져 가는 제국의 재건을 도울 생각이 있나?"

이것이 가장 중요한 질문이었다.

순순히 협력한다면 그를 제국의 충신으로 중용할 수 있지만 야망을 드러내면 반드시 제거해야 할 대상으로 올라서게 된다.

"있다고 할 수 있고, 없다고 할 수도 있겠지."

"무슨 뜻이지?"

"내 힘과 명성을 이용한다면 기꺼이 제국의 유지에 힘을 써줄 수 있다. 하지만 직접 나서서 뭘 해달라면 무너지는 데 오히려 힘을 보태줄 수 있지."

"……."

그를 바라보는 카본 대공의 눈빛이 강렬해졌지만 어떤 행동도 보이지 않았다.

"확실하게 말을 하라, 로운 후작."

"처음부터 원하는 답을 가지고 왔으면서 내 스스로 답을 내리라고 하는 건가? 우습군."

"그 말은 제국에 충성할 생각이 없다는 것으로 생각하면 되나?"

"멋대로 생각하도록."

"용서할 수 없군. 제국 입장에서는 불확실한 그대를 좌시할 수 없다."

"그럴 실력은 있나?"

명성에 연연하는 성격은 아니지만 제국 최강이라는 위명을 가지고 있다.

그에 반해 카본 대공은 아무것도 알려진 바가 없는 인물. 누가 봐도 결과는 뻔한 것이었지만 그의 두 눈은 자신감으로 팽배했다.

"겪어보도록."

"거절하지 않……."

쐐액!

말을 하려는 순간, 공간을 가른 그의 검이 단숨에 목을 노리고 짓쳐들었다.

단번에 공간을 접고 들이친 검격이었지만 티엘은 가볍게 고개를 흔들면서 뒤로 물러섰다. 순간, 연기처럼 신형이 흩어졌다.

검과 거리를 벌렸다가 단숨에 좁힌 티엘이 팔을 휘두르자, 날카로운 기세가 유형화되어 카본 대공의 목덜미를 덮쳤다.

카가각!

손과 검이 얽히며 요란한 금속 충돌음이 울려 퍼졌다. 손아귀를 타고 전해지는 충격에 카본 대공은 뒤로 한 걸음 물러섰다.

"제국 최강이라는 소문이 무색하지 않을 정도로군."

"제국에서 숨은 칼을 키웠나?"

"후후."

"굳이 대답할 이유는 없다. 이제부터 알아 가면 되니까."

단 한 번의 공수 교환이었지만 카본 대공의 실력은 절대 카젤 국왕의 밑이 아니었다.

아니, 오히려 검의 운용이나 마나의 정순함이 그를 월등히 뛰어넘고 있었다.

이는 그가 절대강자의 반열에 올라선 실력자라는 것을 의미했다.

'……'

티엘은 카젤 국왕과 검을 맞대는 순간 기이한 위화감에 휩싸였다.

여태까지 검을 맞댄 이들과 확연한 이질감이었다.

그것이 무엇인지 정확하게 알아차리기 힘들었지만 자신의 감각에 걸린 무언가가 존재한다는 것 정도는 알아차릴 수 있었다.

번쩍!

푸른빛이 빛을 뿌리면서 손을 타고 쏘아졌다.

'손으로 예기를 발산하여 검 못지 않은 위력을 내고 있다. 이것이 상식상 가능한 무위란 말인가.'

입가에는 미소를 짓고 있지만 카본 대공의 두 눈은 깊게 가라앉아 있었다.

하브리스 공작은 클레디오 백작의 실력을 가늠했지만 로운 후작에 대해 평가하는 것은 뒤로 미루었다.

정확하게 그의 저력을 짐작할 수 없기 때문이었다.

처음에는 하브리스 공작 같은 인물이 가늠하지 못한다는 사실에 어처구니가 없었지만 손속을 겨뤄보니 그 예감이 무엇인지 알 수 있었다.

콰과과광!

오러와 오러가 충돌한 폭음이 요란하게 주변을 울렸다.

인적이 드문 곳이라고 하나 이 정도 소리면 사람이 몰려드는 것은 순식간.

카본 대공은 이를 지그시 깨물면서 두 눈을 번뜩였다.

그와 동시에 검 끝을 타고 오러가 열두 갈래로 나뉘어 쇄도했다. 각각의 방향을 점유하면서 덮치는 공격은 사납고 매서웠다.

파파팟!

티엘이 손을 휘두르자, 오러가 소용돌이처럼 뻗어 나와 그의 공세를 막아냈다. 하지만 그것이 끝이 아니었다. 두 기운이 충돌하기 직전, 마치 강을 헤엄치는 물고기처럼 궤적을 바꾸며 피해 달려든 것이다.

무리하지 않고 뒤로 물러나 공격을 피한 티엘은 피식 웃었다.

"잔재주로군."

"오러 파이어를 그렇게 평가하는 인물이 있을 줄 몰랐다."

태연한 표정으로 대꾸했지만 일말의 여유는 더 이상 존재하지 않았다.

비기랄 수 있는 것을 펼쳤지만 아직까지 그로 하여금 검을 뽑게 만들지 못한 것이다.

이 정도면 모든 전력을 발휘하여 적을 상대해야 했다.

'어쩔 수 없나.'

가급적 숨기고 싶은 힘이었지만 제국을 무너뜨리는 싹이 될 수 있는 그를 제거하는 것이 우선이었다.

쿠우우우!

주변 공기가 묵직하게 가라앉기 시작했다.

그와 동시에 카본 대공의 전신에 기운이 모락모락 피어나고 있었는데, 푸른 마나가 휘몰아치다가 어느 순간 색이 조금씩 금빛으로 물들어 나갔다.

파직! 파지직!

미약하게 일어나는 스파크와 함께 하얗던 머리가 금빛으로 물들었다.

기이한 변화에 티엘도 경시하지 못하고 주목했다.

"이것까지 막아낼 수 있을지 두고 보지."

날카로운 음성과 함께 카본 대공의 검이 뻗어나갔다.

하지만 펼쳐진 검격은 이전과 확연히 다른 형태를 띠고 있었다.

푸른 오러가 아닌, 금빛 스파크가 일렁이면서 눈부신 속도로 쏘아진 것이다.

궤를 달리하는 속도에 티엘은 깜짝 놀라 손을 휘둘러 튕겨냈다.

콰과광!

"음."

억눌린 신음 소리.

조금 전과 비교도 안 될 정도로 빠르고, 매서운 공격이었다.

충격은 없었지만 가볍게 뻗어낸 검격은 상상 이상의 힘이 실려 있었다.

"이걸 막아내다니, 역시 대단하군."

파직! 파직! 콰콰콰콰!

금빛 뇌전이 휘몰아치면서 스파크가 영역을 넓혀 나갔다.

동공마저 금빛으로 물들어가는 카본 대공의 몸 상태는 일견 하기에도 정상이 아닌 것처럼 보였다.

검을 든 카본 대공이 재차 달려들려는 행동을 취했다.

그 순간, 눈부신 속도로 쇄도한 신형 하나가 앞을 가로막았다.

여태까지 상황을 지켜보던 하브리스 공작이 나선 것이다.

"그만해라."

"무슨 짓이지?"

"더 이상 이러는 건 무의미하다."

"무의미하지 않다. 저 녀석을 제거해야 제국의 안정이 찾아올 것이다."

"그 힘을 끌어낸 순간부터 네가 할 수 있는 것은 사라졌다."

"……."

날카로운 하브리스 공작의 말에 카본 대공의 행동이 멈췄다.

여전히 뇌전이 움직이면서 휘몰아쳤지만 하브리스 공작은 개의치 않고 그를 바라보고 있었다.

츠츠츠!

서서히 가라앉은 뇌전은 흔적도 없이 사라지기 시작했고, 금빛으로 물들어 있던 카본 대공의 몸도 원래대로 돌아왔다.

"나도 모르게 이렇게 되어버렸군."

"힘에 취하지 않은 것만으로도 대단하다."

"아아, 그런가."

고개를 끄덕이는 카본 대공의 시선은 티엘에게 고정되어 있었다.

한 번도 보지 못한 기사였지만 그는 동요하지 않고 둘을 바라보고 있었다.

"갑작스러운 습격, 사과하지."

"죽이려고 들다가 분위기가 바뀌면 내가 멈출 거라 생각했나?"

"누가 목숨을 부지했는지 모르나 보군. 흐흐, 좋아. 그렇다면 알려주도록……."

"아니, 멈추는 것이 좋다."

"무슨 뜻이냐?"

카본 대공의 음성에 날이 서 있었지만 하브리스 공작은 차분하게 말을 이어나갔다.

"이미 소란은 벌어졌다. 더 대결을 벌이기 전에 사람들이 몰려들 것이다."

"운이 좋았군."

그가 펼친 뇌전의 일격은 범상치 않은 것이었다. 티엘은 마치 사정을 봐준 것처럼 태연한 척하는 카본 대공에게 조소를 지었다.

"제국의 입장이 무엇인지 확실하게 알았다."

"…그 부분에 대해서 나중에 이야기하도록 하지."

"직접 찾아온다면 들어주지."

카본 대공과 달리 하브리스 공작은 끝까지 중립을 지켰기에 나온 말이었다.

그가 발휘하는 힘의 근원이 무엇인지 알듯 말듯하였고.

미련을 버린 티엘은 개의치 않고 몸을 돌려 자리를 벗어났다.

그 뒷모습을 쫓던 카본 대공은 사나운 눈으로 하브리스 공작을 바라보았다.

"왜 말린 거냐?"

"네 힘은 너무 위험하다. 불완전한 힘을 사용하면 먹혀 버릴 뿐."

"그럴 만큼 저 녀석은 위험했다. 지금이라도 제거하는 것이 최선이야."

"네가 정령력을 사용했음에도 검을 뽑지 않았다. 쉬울 거라 생각하나?"

"큭! 어디서 그런 녀석이."

끝까지 검을 뽑지 않은 티엘의 모습은 카본 대공의 자존심을 건드렸다.

"실력이 어느 정도인지 알 수 없으니 돌이킬 수 없는 선을 넘을 필요는 없다. 다행히 그 힘의 근원이 무엇인지 궁금해하는 듯하니 그걸로 이익을 취하는 게 최선이다."

카본 대공이 지닌 정령의 힘은 뇌전으로, 가장 빠르고 강력했다.

정면으로 받아내는 이가 전무할 정도로 절대무적의 힘이었지만 티엘은 그것을 어렵지 않게 받아냈다.

하지만 카본 대공에게 있어 그 사실은 중요하지 않았다. 당장 전력을 발휘한 것도 아니고, 절대무적의 신위인 '그것'도 사용하지 않았다.

"확실하게 약속해라. 그 녀석이 제국의 악이면 확실하게 제거할 것을. 설사 합공을 하는 한이 있더라도 제국을 수호한다고 약속해라."

"…약속하지."

"좋다, 물러난다."

하브리스 공작과 힘을 합치면 세상의 그 어떤 적도 무찌를 수 있었다.

고개를 끄덕인 카본 대공이 자리를 벗어나자, 그도 물러났다.

"이것이 좋은 방향으로 작용했으면 좋겠군."

두 사람이 벌인 처참한 광경만 남아 찬바람이 불어오고 있었다.

저택으로 향한 티엘의 머릿속에는 카본 대공이 펼친 힘이 맴돌고 있었다.

공간을 격하는 것처럼 느껴지던 뇌전 공격.

기존의 오러보다 강력하였으며, 빨랐다.

중간에 대결이 중단되었지만 그것이 끝이 아니라는 게 감각을 타고 전해졌다. 그 뒤에 무엇이 더 있을지 호기심이 피어올랐다.

"뇌전이라……."

마나를 정제하여 오러로 발현하는 것이 검을 익히는 자들의 상식이었다.

하지만 그다음 단계가 있다는 것은 모두 기본 상식으로 알고 있는데, 기본 속성 다섯 가지인 물, 불, 바람, 흙, 뇌전이었다.

자신도 그중 한 가지 힘을 정제할 수 있지만 상상을 초월하는 정신력 소모로 이어진다.

효율성이 맞지 않아 아예 생각지도 않은 방법이었는데 카본 대공은 그것을 해낸 것이다.

"정상적인 수법은 아니었는데, 조만간 연락이 오겠지."

성급한 카본 대공과 달리 하브리스 공작은 냉정함을 유지하고 있었다.

정말 자신을 적으로 삼지 않으려면 한 번 만나 오해를 풀려고 들 터였다.

그때 가서 궁금증을 풀면 되는 것이다. 티엘은 머릿속을 맴도는 복잡한 생각을 털어내고 로웰린과 크레티아가 있는 방으로 향했다.

그녀들은 갑작스러운 귀가에 의아함과 불안한 기색을 감추지 못하고 있었다.

특히 크레티아는 티엘이 들어오기 무섭게 자리에서 일어나 물었다.

"무슨 일이 있으셨나요?"

"별일은 아니었다."

"아니긴요. 옷이 엉망이 되었는데요."

"아아."

자신의 옷차림을 본 티엘은 고개를 끄덕일 수밖에 없었다. 뇌전을 막아내면서 그 여파가 옷을 강타하여 넝마가 되어버린 것이다.

"누군지 모르지만 우리를 노리고 암살자를 고용했다. 모두 처리했으니 걱정하지 않아도 돼."

"암살자요?"

크레티아의 눈이 동그랗게 바뀌었다. 제국 최강 검사라 불리는 티엘을 누가 감히 제거하려고 암살자를 고용한단 말인가.

진실을 말해줄 수 없는 티엘이었기에 더 이상 언급하지 않았다.

"위험할 것 없지만 밖으로 돌아다니기는 힘들 것 같다."

"네, 당연한 일이죠."

"그렇게 알도록 하고. 많이 놀랐을 테니 푹 쉬도록 해라."

그 말을 끝으로 방을 나선 티엘은 호위를 서고 있는 렉스터 남작에게 말했다.

"더 이상 습격은 없을 테니 경계 태세를 강화할 필요는 없다."

"알겠습니다."

"곧 손님이 찾아올 것이다. 황궁에서 올 테니 정중하게 맞이하도록."

"예."

히드로 2세는 방금 전 벌어졌던 일을 전해 듣고 눈을 동그 랗게 떴다.

엉망이 된 카본 대공의 옷차림을 보고 의아한 마음을 가졌 기는 했지만 예상치 못한 일이 벌어졌을 줄은 몰랐던 것이다.

"로운 후작과 충돌했단 말입니까?"

"죄송합니다."

"대체 왜 충돌이 일어난 것입니까?"

"그는 제국에 대한 충성심이 부족했습니다."

카본 대공의 말에 히드로 2세는 쓴웃음을 지을 수밖에 없었다. 그 정도 사실은 이미 알고 있었지만 자신이 할 수 있는 것은 극히 제한되어 있었다.

"그 정도는 알고 있습니다."

"…얼마나 뛰어난 실력이기에 그렇게 무례하게 행동하는지 알고 싶었습니다."

"제국 최강이라 불리는 검사였습니다. 어떠셨습니까?"

"확실히 그만한 자격이 있다는 것을 알 수 있었습니다. 제법 강하더군요."

"정말입니까?"

히드로 2세의 시선이 하브리스 공작에게 향했다. 그는 고개를 끄덕였다.

"전력을 다한 겨룸은 아니었지만 백중세를 이루었습니다."

"숙부님이 로운 후작과 동수를 이룰 정도였단 말입니까?"

"제국의 숨은 검은 황실의 뜻을 반하는 자들을 벌할 수 있어야 합니다."

"그 정도일 줄은."

카본 대공의 자신감을 믿었지만 로운 후작과 동수라는 뜻은 자신에게 제국 최강의 신위를 지닌 검이 생겼다는 걸 의미했다.

마음만 먹으면 충성을 바치지 않은 간신들을 모조리 잡아들이고 황실의 권위를 바로 세우는 것도 가능할 것처럼 여겨졌다.

단꿈에 젖은 히드로 2세의 귀로 하브리스 공작의 음성이 스며들었다.

"폐하, 신이 한 말씀 올리겠습니다."

"말하세요."

"로운 후작은 반드시 끌어들여야 합니다."

"어째서죠? 그는 제국에 충성하는 인물이 아닌 걸로 알고 있는데요."

"로운 후작의 실력은 저희가 상상하던 것 이상으로 뛰어났습니다. 그를 제거하는 것은 가능하지만 자칫 저나 카본 대공 모두 목숨을 잃을 수 있습니다."

목숨을 잃는다는 말에 히드로 2세가 흠칫했다. 자신이 의지하고 있는 하브리스 공작과 제국의 숨은 검인 카본 대공이 사라진다면 희망은 존재하지 않는 것과 같았다.

"두 분이 다?"

"그만큼 뛰어난 실력이었습니다. 로운 백작만큼은 절대 적으로 돌리면 안 됩니다."

"…그럼 클레디오 백작은 어떻습니까?"

"폐하께서 명을 내리시면 제거하는 것이 가능합니다. 하지만 그는 권력에 관심이 없는 인물, 굳이 건드릴 필요가 없습니다."

"그럼 할 수 있는 게 뭐가 있단 말입니까?"

현재 무력으로 가장 문제가 되는 것이 로운 후작과 클레디오 백작이었다. 둘 모두 제거하지 말라고 하니 히드로 2세가 답답함을 느낀 듯 표정을 찌푸렸다.

"폐하의 심기를 어지럽히는 간신들을 쳐내는 것입니다."

"고작 그것입니까?"

"죄송합니다."

"……"

고개를 숙이며 사과하는 하브리스 공작이었지만 히드로 2세의 구겨진 표정은 펴질 줄 몰랐다.

근위기사단장은 예로부터 권력 다툼에 개입할 수 없고, 제국의 숨은 검은 멸망의 위기에 처했을 때 나설 수 있는 마지막 보루였다.

카본 대공에 의해 그 맹세가 깨졌지만 좋지 못한 선례를 만드는 것은 있을 수 없는 일이었다.

"그럼 제가 뭘 했으면 좋겠습니까."

"스스로 결정하셔야 합니다."

"매번 스스로, 스스로!"

인상을 구긴 히드로 2세가 목소리를 높였다. 그것은 어느 것 하나 조언하지 않고 매번 결정을 권하는 하브리스 공작에 대한 분노였다.

"폐하, 신의 생각은 다릅니다."

"어떻게 다르다는 겁니까?"

"저는 하브리스 공작같이 원칙을 중요하지 않습니다. 제국의 숨은 검이 제국의 멸망 위기에 나선다고 하지만 지금 폐하는 제국이 멸망 위기에 처한 것만큼 절박하리라 생각합니다."

"…맞습니다."

"폐하께서 힘드신데 원리원칙을 따진다는 것은 말도 안 되는 일, 신은 폐하가 원하시는 모든 것을 그대로 수행할 것입니다."

궤변과도 같은 그의 말에 하브리스 공작이 목소리를 높여 제지했다.

"원칙을 지켜라, 카본 대공!"

"원칙보다 중요한 것이 제국이 위기에서 벗어나는 것이다. 하브리스 공작, 네놈은 제국이 이대로 간신들의 손에 놀아나는 것을 지켜보고 있을 것이냐!"

"……."

카본 대공의 일갈에 하브리스 공작은 아무 말도 할 수 없었다.

원칙과 현실.

그 사이에서 고민해 오던 그로서는 카본 대공의 말이 날카로운 검이 되어 가슴을 찔렀다.

"원칙과 제국의 안위, 어느 것이 중요한지 생각해 보도록."

'궤변이다, 궤변이지만…….'

가슴은 그의 말에 설득되고 있는 자신의 모습을 발견할 수 있었다.

무엇이 자신을 이렇게 만들었는가.

깊게 생각할 것 없는 문제였다.

제국의 영광.

카본 대공이 바라는 것은 오로지 그것이고, 가장 우선 순위에 두고 있는 것도 그것이다.

틀린 것이 아니다. 하지만 머리로 이해하고 가슴은 납득하지 못할 뿐이다.

"폐하."

"말씀하세요."

"신이 원리원칙을 중시한 것이 잘못된 것입니까."

"……."

히드로 2세는 고개를 저어 보였다. 그의 행동에도 불구하고 하브리스 공작은 얼굴을 펼 수 없었다.

슬픔에 젖어 있는 표정을 보았기 때문이다.

"원망하지 않지만 그 원리원칙을 지키면 짐이 할 수 있는 것이 아무것도 없기에 슬플 뿐입니다."

"모든 것이 신의 탓입니다. 하지만 신은 틀렸다고 생각하지 않습니다. 더 나은 결과를 위한 편법은 종래에 역사를 훼손하고, 정신을 더럽히기 때문입니다."

"그렇지요……."

비장한 표정으로 말을 하지만 여느 때에 하는 말과 동일했다. 그 말을 듣고 있는 히드로 2세의 표정은 실망감이 역력했다.

"하지만, 하지만 때로는 예외가 있을 수 있다고 생각하고 있습니다."

"무슨 뜻입니까?"

"신은 역사에 드러난 몸이지만 카본 대공은 역사에 드러나지 않는 제국의 숨은 검. 하지만 로운 후작이나 클레디오 백작 같은 괴물들은 카본 대공도 쉬이 상대할 수 없는 자입니다."

"……."

"신은 오늘부로 근위기사단장직을 그만두겠습니다. 그리

고 어둠 속으로 돌아가 카본 대공을 보좌하여 폐하를 돕는 숨은 검이 되겠습니다."

"그, 그게 무슨……."

충격적인 선언에 히드로 2세의 두 눈이 거세게 흔들렸다. 근위기사단장인 그가 그만둔다면 근거리에서 자신의 호위는 온전히 근위기사들에게만 의지해야 한다.

하브리스 공작이 미소를 지어 보였다.

"여태까지 신은 오만에 차 있었습니다. 제가 아니고서는 폐하를 지킬 이들이 없다는 말도 안 되는 오만입니다. 이제는 그것을 버릴 때가 된 것 같습니다. 원리와 원칙을 버리지 못한 저는 근위기사단장직을 그만두고, 오로지 폐하의 뜻을 따르는 숨은 검이 되고자 합니다."

"이것이 최선입니까, 숙부님?"

"끝까지 고집을 버리지 못하는 모습은 못마땅하지만 폐하가 쓰실 수 있는 패가 더 늘어난 것은 사실이라 생각됩니다. 저와 하브리스 공작이 힘을 합친다면 그 누구도 당해내지 못합니다."

"누구도 당해내지 못하는 힘……."

히드로 2세의 두 눈이 흔들렸다.

대륙에서 가장 강력한 제국의 황제였지만 그 힘을 누려본 적은 없다.

언제나 권력자들의 허수아비에 불과했을 뿐.

황제로서 위엄을 세우고, 백성들의 존경 받는 군주가 되고 싶었지만 먼 이상일 뿐이었다.

하지만 이제는 달랐다. 두 명의 절대강자가 자신의 뜻을 전적으로 따라준다면 자신을 허수아비로 만들어 권력을 휘두르려는 레디븐 백작을 내치는 것도 가능했다.

"두 분께서 도와준다고 하시니 저도 마음을 굳게 먹도록 하겠습니다. 부탁드리겠습니다."

"믿으십시오."

카본 대공이 눈을 빛내며 강하게 말했다.

제국에 새로운 폭풍을 예고하는 순간이었다.

제5장
방문

황도로 온 지 어느덧 세 달여가 흘렀다. 그동안 로웰린과 크레티아는 이렇다 할 움직임을 보이지 않은 채 하루하루 시간을 보냈다.

"언니는 지루하지 않아?"

"딱히 지루하지 않은걸."

"습격도 있고 하니까 너무 지루한 것 같아. 으으, 이렇게 머물 줄 몰랐는데."

"하긴."

로웰린도 궁금하기는 마찬가지였지만 티엘이 말해주지 않

았기에 의문을 겉으로 드러내지 않았다.

"그런데 왜 이렇게 황도에 오래 있는 걸까?"

"글쎄, 내가 그분의 속을 어찌 알겠니."

"그래? 다행이다. 언니는 왠지 알고 있을 것 같았거든."

"묘하게 안도하는 것 같은데?"

"난 모르는데 언니가 알고 있으면 왠지 분하잖아."

"은근히 질투가 심하다니깐."

그녀의 타박에 크레티아는 입술을 삐죽이며 말했다.

"자꾸 신경 쓰이는 걸 어떡해. 후작님도 언니를 더 좋아하는 것 같고."

"전혀 그렇지 않아. 정말 그렇게 생각해서 말하는 거야?"

"아니지. 칫! 앞으로 몇 명이 더 늘어날지 모르는데 지금부터 질투하면 어떡해."

파티에서 있었던 일의 언급에 로웰린은 그저 웃음을 지어 보일 뿐이었다.

크레티아가 이렇듯 불퉁한 모습을 보이는 이유는 간단했다.

얼마 전 저택에서 열린 파티 때문에 한 차례 소동이 일어났던 것이다.

습격을 받았다는 것을 누구에게도 말할 수 없었기에 그녀들은 꼼짝없이 저택에 있어야만 했고, 자체적으로 승작연을 열지 않았다는 크레티아의 강한 주장 아래 저택에서 파티를 열게 되었다.

이 자리에 티엘은 참여하지 않았는데, 그것이 일대 파란을 일으켰다.

그를 노린 귀족 영애가 파티에 대거 참여했던 것이다.

어찌나 숫자가 많았던지, 파티에 참가한 남자보다 여자가 더 많을 정도였다.

이런 경우는 흔치 않아서 귀족 청년들은 물 만난 물고기처럼 파티장을 누볐는데, 아쉬운 표정을 짓던 귀족 영애들의 표정을 본 크레티아는 심각한 위기감을 느끼게 되었다.

"정략혼인이란 게 있으니까 그렇지. 그런 걸 싫어하더라도 의외로 오는 여자 막지 않는 주의인 것 같고."

"그건 맞아."

자신들도 어떤 방법으로 들러붙어 지금의 관계가 되었던가.

바로 시큰둥한 반응을 보이던 티엘을 끝까지 물고 늘어진 것 아니던가.

다른 여자들도 그런 방법을 사용하지 말라는 법이 없었다.

"무엇보다 난 카롤리나가 걱정돼요."

"왜?"

로웰린의 의아한 표정에 크레티아가 입술을 지그시 깨물

며 말했다.

"어린 시절부터 능력으로 인정받겠다고 하면서 상계에 뛰어든 애예요. 카롤리나는 목적한 걸 얻기 위해서 수단과 방법을 가리지 않죠. 그런데 걔가 맞선을 보면서 그이를 목표로 삼았잖아요. 분명 가만히 있지 않을 거예요."

"그래도 상대가 상대 나름 아닐까?"

"검과 검을 맞대는 거면 걱정하지 않겠지만 상대가 여자라서 더 걱정이에요."

"어렵네."

"네, 어렵죠. 안 그래도 그 부분 때문에 여러 가지로 머릿속이 복잡해요."

"별 생각 없으시지 않을까?"

로웰린의 생각이 가장 답에 가까운 것이었지만 크레티아는 묘하게 불안한 자신의 감각을 믿었다.

"그래도 한번 물어볼까 싶어요."

"잘못하면 밉보일 수도 있을 거야. 그걸 물어보면 질투심이 많아 보일 것 같아."

"그렇겠죠? 하아! 어려워."

한숨을 푹 내쉬는 크레티아의 얼굴에는 고민의 흔적이 역력해 보였다. 그 모습을 조용히 바라보고 있던 로웰린이 조심스럽게 말했다.

"아니면 같이 물어볼까?"

"언니도요?"

"응, 나도 궁금했거든."

"하긴, 난 카롤리나에 대해 어느 정도 알고 있지만 언니는 다르니깐."

"그런 건 아니더라도 어떤 사람인지 알아야 서로 사이좋게 지낼 수 있을 것 같아서."

크레티아는 고개를 절레절레 저었다. 자신이라면 저런 생각은 절대 하지 못했을 터였다.

"정말 그렇게 생각하면 언니는 정말 좋은 사람이에요. 난 카롤리나 그 여우한테 후작님을 뺏기지 않을까 생각하면 잠도 제대로 오지 않던데."

"어느 여자가 안 그럴까. 그러니 일단 물어보도록 하자. 언제 가문으로 돌아가게 될지도 알아볼 겸."

"네, 언니."

이런 언니와 함께라서 참 다행으로 여기는 그녀였다.

티엘이 한동안 칩거에 들어갔던 것은 카본 대공과의 대결 이후였다.

그의 힘이 어떤 방식으로 발현되는 것인지 궁금했기에 모든 것을 접어두고 수련 삼매경에 빠져들었던 것이다.

그러다 보니 한 달이란 시간이 훌쩍 지나 있었다. 수염이나 머리를 정돈할 시간도 없어서 찾아온 그녀들을 맞이할 때는 폐인을 연상케 하는 몰골이었다.

"미안하군."

사과를 건네는 그를 보며 로웰린과 크레티아는 당혹스러운 표정을 감추지 못했다.

수련 중이라고 했지만 이 정도로 몰두하고 있을 줄은 몰랐던 것이다.

"아, 아니에요."

"수련하셨던 거예요?"

고개를 끄덕인 그는 함께 찾아온 것에 대해 의아함을 드러냈다.

"급하지 않으면 나중에 보려고 했는데."

"언니랑 막 이야기가 되어서 물어보고 싶었거든요."

"뭔데 그러지?"

"음, 그게 그러니까……."

방금 전까지 거침없이 말을 이어나가던 크레티아였지만 티엘의 물음에 말문이 막히고 말았다.

직접 묻기에는 여러 모로 부끄러운 점이 많았던 것이다.

행여나 자신이 질투심이 많은 여자로 비춰질까 두려웠고, 사랑하는 남자를 믿지 못하는 것처럼 보일까 염려가 들었다.

"다른 게 아니라 저번에 저희가 파티를 열었는데 귀족 영애가 굉장히 많이 왔거든요."

"그래서?"

"그 영애들이 보러 온 게 저희가 아니라 후작님이었다면 믿으시겠어요?"

"나를? 이상하군."

고개를 갸웃한 티엘이 의아함을 드러내자 로웰린과 크레티아는 저도 모르게 피식 웃음을 지었다.

사교계에서는 최고의 신랑감임에도 그것을 스스로 자각하지 못하는 모습이 때때로 귀엽게 느껴지고는 했다.

"다 후작님과 어떻게든 잘해보려고 그러는 거예요. 그녀들의 목적은 후작님과 어떻게든 엮여서 혼인을 하는 거죠."

"혼인이라고? 난 거기에 생각이 없으니 해당되지 않는 부분이군."

"저와 크레티아가 그 부분에 대해 이야기를 나누다가 카롤리나 영애 이야기가 나왔어요. 후작님이 체스너 영애를 어떻게 하기로 했는지 궁금했거든요."

"체스너? 아아, 그랬지."

고개를 끄덕인 티엘은 카롤리나가 했던 말을 떠올렸다.

"날 찾아오겠다고 하더군. 어머니께서 마음에 들어 하시고 당당한 태도가 기억에 남아서 받아들이겠다고 했다."

"구체적인 시기나 그런 건 정하지 않으셨나요? 저희도 알고 있어야 체스너 영애를 여러 가지로 배려할 수 있을 것 같아서요."

"자기 스스로 찾아오겠다고 했을 뿐, 그런 건 정하지 않았다. 도중에 마음이 바뀌면 찾아오지 않을 테니 걱정할 필요는 없다."

'마음이 안 바뀔 게 뻔하니까 그러죠!'

크레티아가 속으로 중얼거렸지만 겉으로 드러내지는 못했다.

"저는 그녀가 찾아올 거라고 생각해요. 후작님이 이곳에 계신 것도 체스너 영애와 약속을 해서 그런 거라고 생각했거든요."

"황도에 오래 있는 게 좀이 쑤셨나 보군."

둘의 속내를 정확하게 꿰뚫어 본 티엘의 말이었다. 로웰린은 고개를 숙이면서 사과했다.

"죄송해요. 아무런 말씀이 없으셔서……."

"죄송할 건 없다. 생각해 보면 나도 이렇게 일정이 길어질 줄은 몰랐으니까. 아니, 원래는 한 달 정도의 일정만 잡고 있었다."

"한 달이요?"

황도에 와서 머문 지 세 달여가 지났기에 시간이 지나도 한

참 지난 셈이었다.

그것은 크레티아 또한 마찬가지였다. 일정에 변경이 있어도 이렇게 길어질 줄은 미처 몰랐다.

"여러 가지가 얽히고 황도에 머무는 시간이 늘어나면서 궁금해지더군. 내가 없는 동안 영지는 어떻게 돌아갈 것인지."

"……."

"영지 업무에 간섭하지 않지만 그동안 내가 영지에 있었으니 감히 다른 마음을 먹지 못했을 것이다. 하지만 내가 황도에 오랫동안 있으면 어떤 일이 벌어질까, 문득 그 생각이 들었다."

"가신들의 마음을 시험해 보고 싶으셨나요?"

티엘이 고개를 저었다.

"절반은 맞고 절반은 틀렸다. 내가 원하는 건 가신들의 마음을 시험하는 게 아니라 나의 부재가 영지에 어떤 영향을 끼치느냐다. 물론 중간에 비리를 저지르면 상응하는 벌을 받아야겠지."

"네……."

예상하지 못한 심각한 주제였기에 로웰린이나 크레티아의 표정은 굳어 있었다.

주인이 없는 집은 도둑의 대상이 되게 마련이다.

하물며 그 집 안에 값비싼 물건이 가득하다면 어떨까?

그제야 사안이 가볍지 않다는 것을 자극한 그녀들의 눈에 긴장감이 서렸다.

"말할 만한 사안이 아니어서 말하지 않았을 뿐, 숨기려고 한 건 아니었다. 혹 제이론을 만나게 되면 이건 말하지 말도록."

"네."

"그럴게요!"

가신들도 모르는 비밀이 형성되었다는 사실에 로웰린과 크레티아의 표정이 눈에 띄게 밝아졌다.

그러다 티엘이 돌연 피식 웃음을 흘렸다.

"그나저나 은근히 질투심이 많았군."

"네?"

"체스너 영애에 대해 물어보는 걸 보면 신경 쓰이는 점이 많았나?"

"그, 그런 게 아닌데."

갑작스러운 일격에 당황한 로웰린이 크레티아를 바라보며 도움을 청하는 눈빛을 보냈다.

하지만 그녀가 할 수 있는 것은 고개를 돌려 외면하면서 자신과 전혀 상관없다고 보여주는 것이었다.

찰나의 순간 마주친 두 여인은 눈으로 빠르게 대화를 나누었다.

'크레티아! 네가 어떻게…….'

'미안해요, 언니. 하지만 살 사람은 살아야 하잖아요.'

'그, 그래도!'

'언니의 희생은 잊지 않을게요.'

그것이 끝. 크레티아는 아무 말도 하지 않은 채 조용히 로웰린을 희생양으로 삼았다.

졸지에 질투 많은 여자가 된 그녀로서는 입이 열 개라도 할 말이 없었다.

티엘이 웃는 낯으로 그녀를 다독였다.

"앞으로 많이 신경 쓰지."

"네……"

얼굴이 붉어진 그녀가 할 수 있는 것은 고개를 숙이는 것뿐이었다.

"갑자기 불러 미안하구나."

카본 대공은 그답지 않게 부드러운 미소를 지으며 눈앞의 여인에게 감사의 인사를 건넸다.

"아니에요. 이 정도는 어렵지 않은 일인 걸요."

"이곳까지 오는 데 어렵지는 않았고?"

"황도까지 오는 길은 잘 닦여 있어서 어려움은 없었어요. 로즈와 함께 즐겁게 주변 풍경을 구경하면서 왔으니 걱정하지 않으셔도 된답니다."

"그래, 체스너 상단에서 도움을 주니 일을 진행함에 있어 어려움을 겪지 않게 되어 다행이다."

"물건의 불량은 걱정하지 않으시나요?"

"네가 어떤 아이인데 물건에 불량이 있을까. 걱정하지 않으니 네 신용을 시험해 보지 말려무나."

"아셨나요? 죄송해요."

여인, 카롤리나의 사과에 카본 대공은 고개를 저었다.

"상인이 자신의 신용을 알아보고 싶은 것은 당연한 일이다."

"그렇게 말씀해 주시니 감사해요."

"먼 곳까지 상행을 했는데, 상단이 있는 곳으로 돌아갈 생각이더냐?"

"마침 황도에 볼일이 있어서요. 상단에 돌아가는 건 그다음이 될 것 같습니다."

"내가 도울 수 있는 일이면 도와주마."

의욕을 보이는 카본 대공이었지만 차마 연애 사업에 도움을 달라고 할 수는 없었기에 고개를 저어 보였다.

"로즈를 빌릴 수 있을까요?"

"혼자 있으면 심심해할 테니 얼마든지 데려가라. 네가 곁에 있으면 안심할 수 있지."

"네, 그럴게요."

"그럼 믿고 맡기마."

하나밖에 없는 딸이기에 부탁하는 카본 대공의 태도는 정중했다.

대화를 끝내고 방으로 향한 카롤리나의 눈에 들어온 것은 침대에 누워 책을 읽고 있는 로즈의 모습이었다.

"아버지랑 대화는 나눴어?"

"응."

"어떻게 할 거야?"

"용건이 끝났으니 난 일을 보러 가야겠지. 그런데 대공 전하께서 널 부탁하셨어."

"딸 걱정이 심하신 아버지라면 어쩔 수 없지."

한숨을 푹 내쉬는 로즈였다. 외동딸이었지만 아버지 카본 대공이 자신을 위하는 것은 다른 이들 그 이상이었다.

"따라갈게."

"정말?"

"응, 네가 마음에 들었다는 남자가 어떻게 생겼는지 궁금하기도 하니 따라가 봐야지. 제국을 떠들썩하게 만드는 남자가 누구인지."

그러면서 몸을 일으키는 로즈였다. 그녀가 누워 있는 곳을 쳐다본 카롤리나는 인상을 꽉 구겼다.

'누구는 열심히 관리해서 이 정도인데 누구는 타고나다니, 참 부럽네.'

제국사대미녀라는 칭호를 유지하기 위해 안간힘을 쓰는 자신과 달리, 관리 하나 없이 이 자리에 올라 있는 로즈가 부러웠다.

"그럼 가자."

"알았어, 잔뜩 들뜨기는. 로운 백작이라는 사람이 얼마나 대단한지 꼭 봐주겠어."

"너무 벼르지는 말고."

"내가 네 앞길 가로막기라도 할까 봐? 그러지 않을 테니 걱정 마셔."

'넌 그럴 것 같아.'

그녀와 함께 갈지 심히 고민되는 카롤리나였다.

근위기사단장직을 사임했지만 그 사실이 외부로 공표되지는 않았다.

모든 일은 은밀하게 이루어졌으며, 그 사실을 알고 있는 것은 히드로 2세와 카본 대공이 유일했다.

근위기사단장의 맹세에서 벗어난 하브리스 공작은 어디에 얽매이지 않고 정치에 참여하는 것이 가능했다. 카본 대공은 홀가분한 표정을 짓는 그를 보며 입꼬리를 말아 올린 채 히드로 2세에게 물었다.

"폐하께서는 레디븐 백작을 어떻게 하셨으면 좋겠습니까?"

"레디븐 백작⋯⋯."

"가장 빠른 시간에 처리하기 쉬운 것이 레디븐 백작입니다. 명을 내려주시면 제거하도록 하겠습니다."

호기롭게 말을 했지만 히드로 2세는 조용히 고개를 저어 보였다.

"그건 짐이 바라는 것이 아닙니다, 숙부님."

"무슨 말씀입니까?"

"레디븐 백작은 참으로 묘한 인물입니다. 어떤 때에는 한없이 든든한 우군처럼 여겨지면서도 어떤 때는 강력한 경쟁자처럼 느껴집니다. 그에 의해 허수아비 신세를 면치 못했지만 짐을 무시하지 않았습니다."

"그렇다 해도 죄가 씻겨지는 것은 아닙니다."

"그래서 저는 숙부님께서 그를 만나보셨으면 합니다."

"음? 제가 결정하라는 뜻입니까?"

"그렇습니다. 짐은 그가 충신도 간신도 아닌 처세술이 뛰어난 인물이라 생각하지만 보는 사람에 따라 다를 수 있다고 생각합니다. 그것을 숙부님께서 직접 보고 대화를 나눠본 뒤

판단해 주셨으면 합니다."

카본 대공이 입꼬리를 말아 올렸다.

"굉장히 어려운 임무를 맡기시는군요, 폐하."

"마음에 들지 않는다고 모조리 죽이는 것은 폭군과 다를 바가 무엇 있겠습니까. 짐은 옳지 않은 의견에 반박해 줄 수 있는 충신이 필요합니다."

"알겠습니다. 폐하의 명을 받들어 레디븐 백작을 보고 그의 명운을 결정하도록 하겠습니다."

"부탁드리겠습니다."

예를 취한 카본 대공이 집무실을 벗어났고, 히드로 2세와 하브리스 공작만 남았다.

"폐하께서는 레디븐 백작을 거두실 생각입니까?"

"그에 대한 편견은 처음부터 없었습니다. 어느 순간 짐이 권력을 쥔 귀족들에게 일방적으로 당하고 있다는 생각을 하게 되었습니다. 레디븐 백작은 정중히 예를 취했음에도 말이죠. 이것이 피해망상인지 아니면 위화감을 느낀 것인지 제삼자의 눈을 빌어 알고 싶었을 뿐입니다. 숙부님이라면 올바른 판단을 내리겠죠."

"전보다 훨씬 성장하신 것 같습니다."

"튼튼한 뿌리를 내리기 위해서는 시련도 필요합니다. 선정을 베풀기 위해서 레디븐 백작이란 인물이 도움이 되는지 판단하고자 합니다."

큰 그림을 그리고 있는 히드로 2세의 눈은 전과 비교하여
맑은 빛을 발산하고 있었다.

티엘의 예상치 못한 행보로 인해 레디븐 백작은 복잡해진
정계 상황을 수습하느라 바쁜 나날을 보냈다.

"좋지 않군. 이렇게 해야 하는 건가."

"이렇게까지 할 줄 몰랐지만 로운 후작으로서는 이용할 수
있는 것을 최대한 이용한 것입니다. 주군을 위한 과정이라 여
기서야 합니다."

"으음."

복잡하게 꼬인 정계의 상황은 레디븐 백작으로 하여금 골
머리를 앓게 하였다.

동쪽으로 헤셀 백작, 북으로 윈스터 후작이라는 강대한 적
과 접하고 있는 만큼 내부의 잡음은 그에게 있어 절대 좋은
현상이 아니었다.

"방안은 있나?"

"이것이 오히려 기회입니다."

"무슨 의미지?"

마주 앉은 카이후의 입가에 미소가 걸렸다.

"일레트로 후작이나 게스틴 후작은 자각하지 못하고 있지

만 로운 후작과 어울리면서 그들의 정치 생명은 급속도로 감소하고 있습니다."

"감소한다고?"

"예, 주군께서는 황제 폐하에게 예를 다하고, 제국을 위해 일을 하고 계십니다. 하지만 두 후작은 제국을 위한 것이 아닌 자신의 권력을 지키기 위해 부지런히 움직이고 있습니다. 이것은 그들이 권력의 화신이라는 것을 의미하고, 모든 이의 신망을 잃을 수밖에 없다는 것을 의미합니다."

"…이걸 의도하고 있었나?"

"어느 방향이든 맞춰 나갈 생각이었습니다. 로운 후작 입장에서는 가벼운 수단이었지만 주군에게는 큰 도움이 될 만한 상황입니다."

"그렇군."

어떻게 되든 나쁘지 않다는 것이 레디븐 백작의 부담을 덜어주었다.

내부의 잡음을 끊고 온전한 권력을 손에 넣게 된다면 그다음은 간단했다.

오십만이 넘는 대군을 동원할 수 있으며, 황제를 움직여서 다른 영주들보다 우월한 입장에서 명분을 손에 넣을 수 있게 된다.

짝짝짝!

순간 박수 소리가 집무실에 울려 퍼졌다.

"멋진 계획이로군."

"누구냐!"

밖에서 호위를 서고 있던 케빈 플루임이 재빨리 반응하면서 벼락같이 검을 휘둘렀다.

그그긍!

격렬한 충돌음이 울려 퍼지면서 두 검이 불꽃을 일으켰다. 하지만 뒤로 물러난 것은 먼저 달려들어서 검을 휘둘렀던 케빈이었다.

"흡!"

힘에서 밀린다는 것을 느낀 케빈은 반사적으로 검을 놓으면서 왼손을 품속에 넣었다가 뺀 뒤 휘둘렀다. 그의 손을 떠난 단검이 섬광처럼 쏘아졌다.

캉!

회심의 일격이었지만 허망하리만치 손쉽게 가로막히고 말았다.

그와 동시에 엄습한 벼락같은 검격이 전신을 덮쳐왔다.

카가가가강!

"크으으!"

내부분의 공격을 막았지만 두 차례 허용하면서 어깨와 허벅지에 붉은 피가 흘러내렸다.

통증으로 잔뜩 일그러졌지만 레디븐 백작 옆에 선 케빈이 경계 태세를 취했다.

"제법이군."

낮게 가라앉은 음성과 함께 카본 대공이 모습을 드러냈다. 그의 정체를 알아차린 레디븐 백작이 자리에서 일어나 예를 취했다.

"대공 전하를 뵙습니다."

옆에 서 있던 카이후도 덩달아 예를 취했다. 하지만 방금 전까지 검을 겨뒀던 케빈은 두 눈을 날카롭게 뜬 채 경계하고 있었다.

"뛰어난 수하를 두었군."

"감사합니다. 한데 대공 전하께서 이곳에 계실 줄 몰랐습니다."

"다 사정이 있는 법이지. 권력을 한 손에 틀어쥐려는 네 녀석처럼."

카본 대공은 마치 산책을 온 사람처럼 휘적휘적 걸어가서 레디븐 백작의 맞은편에 앉았다.

"나도 그 이야기를 더 듣고 싶은데 가능하겠지?"

"…예."

갑작스러운 침입자로 인해 기이한 분위기가 형성되었지만 레디븐 백작은 침착함을 되찾고 자리에 앉았다.

케빈은 재빨리 지혈을 했지만 카본 대공의 신위를 겪어보았기에 자리에서 벗어나지 않았다.

'다르다.'

카본 대공을 살필 기회가 생긴 레디븐 백작은 전신을 휘감는 위화감에 정신이 번쩍 드는 것을 느꼈다.

일전에 보았던 그는 온화하고 정중하게 사람을 대하는 인물이었다.

하지만 지금 보이는 모습은 그야말로 안하무인 그 자체.

그럼에도 자연스럽게 느껴지는 것은 황족이 지닌 위엄과 방금 전 잠시나마 보여준 실력 때문이다.

"제법 괜찮은 계획이더군. 일레트로 후작과 게스틴 후작을 속아낼 생각을 하고 있다니."

"칭찬, 감사합니다."

"그런데 그것이 끝이 아니던데, 아닌가?"

"두 후작의 존재는 폐하의 정치를 방해하는 요소로 작용하고 있습니다. 저는 이것을 뿌리 뽑고자 합니다."

"그래서 본인이 권력을 틀어쥐고?"

빈정거리는 말투에 케빈이 발끈하는 표정을 지었다. 곁에 있던 카이후가 말을 덧붙이려고 했지만 레디븐 백작이 손을 들어 제지했다.

"제가 바라는 것은 당대의 권력자입니다. 경우를 알고 냉정한 마음을 가진 이상 리그디스 공작처럼 폭정을 저지르지 않을 자신이 있습니다."

"왜 권력을 쥐려고 하지?"

"모든 귀족의 속성이라고 봐주시면 됩니다."

"솔직하군. 그래서 더 짜증이 나."

"……."

날 서 있는 음성에 레디븐 백작은 아무런 말도 하지 않았다.

분위기가 낮게 가라앉으면서 심상치 않은 기류가 흐르기 시작했다.

"하지만 그 점이 마음에 들기도 한다. 권력에 마음이 없다고 했으면 지금 이 자리에서 목이 붙어 있기 힘들었을 테니까."

"다행으로 여겨야 합니까?"

"다행으로 여겨야지."

"감사합니다."

"뭔가 알고 있군? 그렇지?"

레디븐 백작이 카본 대공을 본 것처럼 그 또한 본 적이 있기에 예전과 다르다는 것을 느끼고 있었다.

기이한 위화감이 깃든 음성에 그는 거짓을 고하지 않았다.

"그렇습니다, 제국의 숨은 검이시여."

"알고 있었군."

"소문으로 전해지는 사실을 떠올린 것뿐입니다. 대공 전하께서 갑작스럽게 모습을 드러내셨다면 그럴 이유밖에 없었겠지요."

"그마저도 생각하지 못하는 머저리들이 대다수지. 그런 점에 있어서 제법 촉이 좋군."

"칭찬 감사합니다."

제국의 숨은 검이라는 사실에 카이후와 케빈은 놀란 표정을 감추지 못했다.

전설로만 전해지던 그 존재가 바로 카본 대공이었을 줄은 몰랐던 것이다.

"그럼 저는 어떻게 되는 것인지 물어봐도 되겠습니까?"

"흐음, 안 그래도 그것 때문에 고민이다."

"어떤 고민입니까?"

"왜, 살고 싶어서?"

"살 수 있다면 가급적 노력해야지요."

"틀린 말은 아니군."

솔직한 속내는 카본 대공의 마음에 들었다. 히드로 2세의 말과 비슷하게 레디븐 백작은 경우를 아는 인물이었다.

"간단하다. 황제 폐하에게 충성을 맹세하고 제국을 위해 일할 것을 맹세하면 된다."

"정말 간단한 말입니다. 저는 제국을 위해 충성을 바칠 준비가 되어 있습니다."

"호오, 그걸 순순히 믿으라는 건가?"

"지금 어떤 말을 하더라도 신뢰를 주기 힘들다는 것은 알고 있습니다. 행동으로 보여 충성을 드러내고자 합니다."

굳은 결의가 담긴 그의 음성에 잠시 생각에 잠겨 있던 카본 대공이 고개를 끄덕이며 자리에서 일어났다.

"좋다, 지켜보도록 하지. 허튼수작을 부리지 않고 폐하를 위해 일한다면 얼마든지 지지를 표할 것이다. 그러니 폐하를 향한 충성심이 변치 말도록."

그 말을 끝으로 볼일을 마친 카본 대공은 몸을 돌려 자리를 벗어났다.

"……."

그 광경을 카이후와 케빈은 멍하니 바라보고 있었다. 모든 것을 단번에 결정하고 사라진 카본 대공의 행동이 쉽게 이해가 되지 않았다.

"제국의 숨은 검이 정말 존재할 줄이야."

"어떻게 알고 계셨던 것입니까?"

"막연하게 소문으로 듣던 사실이다. 제국이 멸망할 위기에 처할 때 모습을 드러내지 않던 숨은 검이 나타나 폐하를 보좌할 거라고 했지. 처음에는 헷갈렸지만 실력을 보고 눈치챌 수 있었다. 카본 대공 전하의 힘은 어땠지?"

케빈이 고개를 저었다.

"정말 대단한 힘이었습니다."

손아귀가 터져 버릴 것처럼 묵직한 공격은 감히 자신이 상대할 수 없다는 생각을 갖게 만들었다.

그 사실에 그는 이를 꽉 깨물면서 주먹을 움켜쥐었다.

"오늘의 분함은 더욱 발전할 수 있는 계기를 만들어주겠지. 발전의 기회로 삼아라."

"알겠습니다."

다독이듯 케빈을 내보낸 레디븐 백작의 시선이 카이후에게 향했다.

"어떻게 보았지?"

"제국 황실의 저력이 무섭다는 것을 알게 되었습니다. 카본 대공 전하가 숨은 검이라는 사실이 놀랍지만 한편으로는 기회라는 생각이 들었습니다."

"기회라고?"

"오늘 대화를 나눠보셨듯이 카본 대공 전하는 말이 통하는 인물입니다. 그분의 실력은 제가 짐작하길 절대강자의 반열에 올라섰을 확률이 높습니다. 그런 분과 함께 갈 수 있다면 주군께서 할 수 있는 일의 범위가 더 늘어나게 될 것입니다."

"그렇군."

거기까지 생각하지 않았던 레디븐 백작의 표정이 밝아졌다.

절대강자의 도움을 받을 수 있다는 사실은 화가 복으로 바뀔 수 있는 상황이었다.

"물론 양날의 검입니다. 사용하기에 따라 주군에게 유용한 검이 될 수 있는 반면, 치명상을 입힐 수 있는 검이 될 수도 있습니다."

"무슨 말인지 알겠다. 나도 주의를 하고 폐하를 대함에 있어 만전을 기하지."

"그거면 됩니다."

카이후의 수긍이 이어졌지만 레디븐 백작의 표정은 밝지도 어둡지도 않았다.

로즈를 대동한 카롤리나는 마차를 타고 티엘이 머물고 있는 저택으로 향했다.

갑작스러운 방문에 로웰린과 크레티아는 당혹스러움을 금치 못했지만 이내 정신을 수습하고 그녀들을 맞이해 주었다.

"오랜만이지?"

"그러네, 오랜만이야."

반갑게 인사를 건네는 카롤리나와 달리 크레티아의 음성

에는 경계심이 섞여 있었다.

자신에게 있어 그녀는 사적으로 친구지만 남자를 공유하려는 연적이기도 했다. 자연히 대하는 태도에 변화가 생길 수밖에 없었다.

카롤리나는 내색하지 않고 미소를 지어 보이며 말했다.

"그동안 더 예뻐진 것 같아. 여자가 결혼하면 더 예뻐진다더니 사실이네."

"예뻐지긴. 매일 그대로인데."

대수롭지 않은 듯 대답했지만 그녀의 음성에는 은근한 유쾌함이 깃들었다.

크레티아의 기분을 푸는 데 성공한 카롤리나가 로웰린에게 인사를 건넸다.

"오랜만이 뵈어요."

"그동안 많이 바쁘셨죠?"

"물건을 팔다 보니 그렇게 되었네요. 그나저나 편하게 대해주세요, 언니. 앞으로 한가족이 될 사이인데."

"그, 그럴까요?"

태연한 얼굴로 치고 들어오는 그녀의 행동에 크레티아는 감탄사를 흘렸다.

"와! 카롤리나! 나 순간 엄청 사연스럽다고 생각했어."

"어차피 사실이잖니."

"사실 아니거든? 넌 그분하고 결혼도 하지 않았는데 어디서 한가족 행세야."

"나 지금 견제 당하는 거야?"

"견제도 뭐도 아니거든. 너무 앞서 나가봤자 좋을 게 없다는 뜻이야."

비록 티엘과 맞선을 보고 좋은 결과를 이끌어냈지만 그는 이미 결혼한 유부남이었고, 카롤리나는 결혼하지 않은 처녀였다. 약혼을 공표하지 않은 상태에서 그녀의 행동은 빈축을 사기에 충분했다.

"하긴, 기분이 나쁠 수도 있겠네. 알았어, 말하는 데 주의하도록 할게."

"그러면 돼. 그런데 이분은 누구서?"

그제야 로즈에게 시선을 옮긴 크레티아가 물으니, 카롤리나가 함께 온 로즈를 소개했다.

"인사드려, 드루윙 백작가의 로웰린 언니와 아스트롱 공작가의 크레티아야."

"안녕하세요, 로즈라고 해요. 사교계에서 위명이 자자한 분들을 뵙게 되어 영광이에요."

"로웰린이에요."

"크레티아 아스트롱이에요. 언니와 같이 후작님을 모시고 있어요."

순순히 인사하는 로웰린과 달리 경계심 섞인 표정으로 그녀를 바라보는 크레티아였다.

제국사대미녀인 로즈는 사교계에 모습을 드러내지 않는 여인으로, 신비감이 더해져서 귀족 청년들이 가장 보고 싶어 하는 여인이었다.

그런 그녀가 저택을 방문했다는 사실이 왠지 모를 위화감을 심어주었다.

그녀의 속내를 짐작한 로즈는 미소를 지으며 안심시켜 주었다.

"저는 로운 후작님에게 관심이 없으니 안심해도 좋아요. 카롤리나의 마음을 훔쳐간 분이 어떻게 생겼는지 한번 보고 싶어서 따라오게 되었어요."

'그게 더 불안하다고.'

오히려 더 역효과를 불러일으킨 말이었다.

티엘은 그녀의 호기심을 충족시켜 줄 만큼 착한 사람이 아니다.

자존심으로 똘똘 뭉친 그녀라면 매몰찬 그의 태도에 오기가 들 것이고, 그것은 집착이 될 것이다. 그리고 자연히 지내는 시간이 많아지면서 소문이 퍼지고, 다른 곳으로 시집가기에도 어려운 신세가 될 것이다.

그리고 종래에는……

'그것까지는 아니어도 주의해야 돼.'

카본 대공은 황제의 숙부였기에 로즈 역시 황족이라 봐도 무방했다. 황족과 결혼한다는 것은 엄청난 명예가 뒤따르기에 티엘을 열성적으로 따르는 가신들이 움직임을 보여도 이상할 것이 없었다.

긴장감을 바짝 다지면서 로즈에게 집중하는 크레티아였다.

"그런데 후작님은 어디 계셔?"

카롤리나가 저택에 들어와서 찾은 것은 그녀들이 아니라 티엘이었다.

"수련 중이셔."

"수련?"

"응, 요즘 수련에 집중하고 있으셔서 좀처럼 뵙기 힘들거든."

"너희도?"

"그런데?"

꼬치꼬치 캐묻는 행동에 크레티아의 미간이 찌푸려졌다. 하지만 카롤리나는 개의치 않고 반색하면서 목소리를 높였다.

"그럼 안 돼! 부부 관계가 유지되기 위해서는 정신적인 유대감도 좋지만 육체적인 유대감도 얼마나 중요한데! 그러다가 사랑이 금방 식어버릴지도 몰라."

"무, 무, 무슨 말을 하는 거야!"

얼굴이 터질 것처럼 달아오른 크레티아가 버럭 소리를 질렀다.

하지만 카롤리나의 태도는 강경하기 그지없었다.

"내 말을 허투로 듣지 마! 남자가 육체적인 접촉에 얼마나 민감한데! 그러다가 흥미가 떨어져서 다른 여자한테 눈이라도 돌리면 어떡해? 아! 그건 괜찮겠네. 그럼 나한테도 기회가 있다는 거니까."

"안 괜찮거든!"

그 와중에도 호시탐탐 기회를 노리는 행태에 크레티아는 분노를 감추지 않았다.

"농담이야, 농담. 내가 설마 널 깔아뭉개면서 후작님의 사랑을 취하려고 하겠어? 물론 마음을 먹으면 얼마든지 가능하겠지만."

"방금 전에 나온 건 본심이지!"

"아니라니깐. 난 그런 여자가 아니니 걱정하지 않아도 돼요."

"전혀 진정되질 않아."

불안함의 씨앗을 심어주었을 뿐이지만 어깨를 축 늘어뜨린 크레티아는 행여나 티엘의 마음이 떠나지 않을까 전전긍

궁하는 모습을 보였다.

"그 이야기 더 듣고 싶어요."

"언니?"

얼굴을 붉힌 로웰린이 가르침을 청하는 모습을 보이자, 크레티아는 배신당한 표정을 지었다.

"부부 관계에서 정신적인 사랑도 중요하지만 육체적인 접촉으로 얻는 만족감에 비할 바는 아니에요. 하물며 후작님은 젊은 나이에 제국 최강이라는 칭호를 얻으셨는데 얼마나 육체적으로 왕성하겠어요?"

"그, 그러네요."

묘한 설득력을 지닌 말에 로웰린은 고개를 끄덕이며 수긍했다. 그것은 내내 뾰족한 목소리로 반응하던 크레티아도 마찬가지였다.

"…그러니 때로는 적극적인 모습을 보여줄 필요도 있어요. 남자는 그런 부인의 모습에 큰 자극을 받고 사랑스러움을 느낄 수 있으니까요."

"너, 너무 전문적인 거 아냐?"

눈을 가늘게 뜨면서 의구심 가득한 모습을 보이니 카롤리나가 쓴웃음을 지었다.

"쟁쟁한 경쟁자들 사이에서 살아남으려면 공부를 해놔야지."

자신은 로웰린이나 크레티아보다 한참 늦게 티엘을 만났기에 그 공백을 메우기 위해서는 다른 부분을 채워 넣어야 했다. 그 모든 것이 공부의 산물이었지만 아직 방심하기에는 이르다는 것이 그녀의 생각이었다.

"궁금한 게 있어요."

대화 분위기가 끊어지며 침묵이 내려앉자, 조용히 듣고 있던 로즈가 입을 열었다.

"말씀하세요."

"두 분과 같이 결혼하셨는데, 먼저 낳은 아들이 가문을 잇게 되는 건가요?"

"……."

로웰린과 크레티아는 저도 모르게 서로의 얼굴을 바라보았다.

그것은 굉장한 민감한 사안이어서 여태까지 서로에게 한 번도 꺼내지 않은 말이었기 때문이다.

"로즈, 그런 걸 물어보면 어떡해."

"안 되는 거였나요? 죄송해요."

기이하게 흘러가는 분위기를 보면서 로즈는 자신의 실수를 깨달았다.

무남독녀인 그녀 입장에서 후계자 분쟁은 겪어보지 않은 것이지만 요즘 최고의 가문 반열에 올라선 로운 후작가의 다음 대 후계자 이야기는 민감한 정치적인 문제였던 것이다.

심각하게 가라앉는 분위기 속에서 로웰린이 고개를 저으며 사태 진화에 나섰다.

"아니에요. 생각해 보면 언젠가 한 번은 짚고 넘어가야 하는 문제였어요."

"그, 그렇지?"

"모든 결정권은 후작님에게 있으세요. 그러니 결정을 내리시는 것도 후작님이 되실 거예요."

"그렇죠?"

온화하게 미소를 짓는 그녀의 행동에 분위기는 다시 화기애애하게 바뀌었다.

'눈치 없는 계집애.'

사과는 했지만 여전히 편안하기 그지없는 로즈의 표정을 보면서 카롤리나는 고개를 절레절레 젓고 말았다.

그 시각, 티엘은 연무장에 틀어박혀 수련에 정진하고 있었다.

그가 고민하고 있던 부분은 카본 대공이 펼쳤던 뇌전의 존재였다.

주변의 모든 것을 파괴해 버리는 강렬한 뇌전은 완성되었다고 하던 검의 세계를 뒤집어놓았다.

"나는 여태까지 검의 동작 간략화를 추구하면서 검을 휘둘렀다. 하지만 속성의 간결화는 생각하지 않았지. 세상은 마나로 이루어졌다고 하면서 한 차례 오러로 정제한 것이 전부라고 여겼던 것이다."

너무나 당연한 전제였기에 대수롭지 않게 넘겨 버린 것이 실수였다.

하지만 자신의 실수를 자각하는 순간 새로운 세계가 펼쳐지면서 더 넓은 시야로 바라볼 수 있게 만들어주었다.

마나와 오러.

마나와 뇌전.

오러와 뇌전.

모든 것은 마나에 파생되지만 오러와 뇌전은 엄연히 별개의 속성이었다.

하지만 오러 속에 뇌전은 포함되어 있고, 마나를 정제한 힘인 오러에서 한 단계 정제 과정을 거친 것이 바로 뇌전의 힘이다.

그럼 뇌전의 힘은 어떻게 쌓는 것일까.

고민에 고민을 거듭했지만 그 부분의 문제를 해결하는 것은 불가능했다.

카본 대공의 힘은 완전한 것 같지만 그와 동시에 불완전했다.

종래에는 자신의 힘에 휘둘리는 모습을 보였고, 힘의 발현 또한 불안정했다.

그것을 깨닫는 순간, 더 이상 힘을 정제하는 것은 불가능하다는 걸 알게 되었지만 힘의 응집과 오러의 응용이 가지는 새로운 방향을 깨달았다.

파츠츠!

검 끝을 타고 뻗어나간 오러가 세 갈래로 나뉘며 허공을 갈랐다.

하지만 그 움직임은 기존에 알려진 것과 판이하게 다른 모습을 보였다.

바로 세 가닥 오러가 기존의 것보다 훨씬 가늘어진 것이다.

일견하기에는 별다른 변화가 없었지만 그 안에 품고 있는 위력은 차원을 달리했다.

극도의 응축.

정제 과정에서 불가능한 점을 자각한 티엘은 의지의 발현과 함께 오러를 응축하는 비기를 창안할 수 있었다.

힘이 응축될수록 그 위력은 상승하게 마련이다. 의지를 실어 오러 파이어의 묘리로 조절하는 것도 가능하니, 암습을 가할 때 그 진정한 위력이 발휘된다.

"이 정도면 되겠군."

더 수련해도 불필요하다는 것을 느낀 티엘은 검을 갈무리

하였다.

영지를 떠난 지 약 세 달.

상당한 시간이 흐른 만큼 무언가 변화가 일어날 것은 당연
했다.

그 변화가 긍정적일지, 부정적일지 그도 알지 못했다. 하지
만 반드시 필요한 과정이었고, 나아가 자신과 가문을 위한 일
이었다.

간단하게 씻은 뒤, 가벼운 옷차림을 한 티엘은 부인들과 같
이 식사할 요량으로 그녀들이 있다는 응접실로 걸음을 옮겼
다.

안에서는 여인들의 대화 소리가 들려왔지만 개의치 않고
문을 열었다.

그곳에는 예상치 못한 인물들이 자리하고 있었다.

한창 부부 관계에 대해 열변을 토하고 있던 카롤리나는 문
이 열리면서 티엘이 들어오는 것을 보고 자리에서 벌떡 일어
났다.

"후작님!"

"왔군."

반가운 표정을 지은 그녀와 달리 그의 표정은 담담하기 그
지없었다.

"약속했잖아요."

"지키고 말고의 자유는 전적으로 맡긴다고 했다."

"그래서 제 자유대로 했어요."

티엘을 바라보는 그녀의 입에는 행복한 미소가 걸려 있었다.

"식사나 하지."

"네!"

기쁜 표정을 지으며 그의 제안에 응하는 카롤리나였다.

제6장
돌아가다

식사 제안을 받은 카롤리나와 두 부인, 그리고 로즈는 함께 저녁 식사를 하게 되었다. 오랜 수련이 끝났기에 맛있는 음식이 줄지어 올라왔다.

티엘이 별달리 말을 하지 않았기에 식사 자리는 조용한 침묵이 내려앉아 있었다.

어느 정도 허기가 가실 무렵, 티엘이 입을 열었다.

"가문으로 돌아갈 예정이다."

"그런가요?"

"황도에 너무 오래 머물고 있던 것 같았어요. 이제라도 돌아가게 되어 다행이에요."

　가장 먼저 반응한 것은 역시나 같이 머물던 로웰린과 크레티아였다.

　특히 크레티아는 반색하면서 좋아하는 기색이 역력했다.

　아는 사람도 별로 없는 황도의 생활은 그녀의 성격에 그리 맞지 않았다.

　카롤리나가 그 모습을 조용히 바라보다가 티엘에게 물었다.

　"돌아가실 건가요?"

　"오래 머물렀으니까."

　"그렇군요. 그럼 저도 따라가도 될까요?"

　"얼마든지."

　"네, 며칠 시간을 부탁드려도 될까요? 황도에 상행을 한 게 있어서 업무 마무리를 해야 되는데."

　"이쪽도 떠날 준비를 해야 하니 넉넉하게 잡고 마무리해도 된다."

　"고마워요."

　별거 아닌 배려였지만 카롤리나는 환한 미소를 지어 보였다.

　늘 업무에 시달리면서 좀처럼 웃는 모습을 보이지 않던 그녀였지만 저렇게 웃으니 굉장히 아름다웠다.

"카롤리나, 그럼 완전히 가려는 거야?"

"그건 아니야, 아직 내가 맡은 부분이 있어서 자리를 비우기 어려워."

"그래?"

"응, 세상 일이 그렇게 쉽게 돌아가지는 않더라고."

말을 하는 카롤리나의 입가에는 쓴웃음이 걸렸다.

체스너 상단에서 요직을 차지하고 있는 그녀였고, 업무 능력은 다른 이들과 비교해도 당연 발군에 속했다. 하지만 지금은 오히려 그것이 그녀의 발목을 잡게 되었는데, 바로 헤인조 지방으로 떠나게 되면 대체할 수 있는 인물이 존재하지 않았던 것이다.

"고생이네."

"고생은 아니야. 나도 내 사랑을 찾아가야 하니 이 정도는 감수해야지."

"칫."

대놓고 뻔뻔하게 사랑을 언급하는 그녀의 여우 같은 행동에 크레티아는 입술을 삐죽였다.

하지만 정작 당사자인 티엘은 아무런 반응도 보이지 않았다.

"황도의 생활은 어떠셨어요?"

무안할 법도 했지만 그녀는 개의치 않고 그동안의 생활을 물어보았다.

"그저 그렇더군."

"하긴, 이 사람이나 저 사람 모두 후작님을 귀찮게 만들었을 테니까요. 권력 얻고자 하는 사람들의 습성이니 이해하셔야 해요."

"상종하지 않으면 그만이다."

"그것도 맞는 말씀이세요."

티엘의 말을 받아주면서 대화를 주도해 나가는 카롤리나였다.

오랜만에 만나서인지 더 활발하고 웃는 모습을 보여주었다.

"……."

그 광경을 바라보던 로즈는 저도 모르게 넋을 잃고 바라보고 있었다.

늘 업무에 철저하고 세상의 흐름에 대해 이야기하던 카롤리나였다.

그때마다 너무 냉정하고 정확하게 꿰뚫어 보아 놀라고는 했는데, 그때와 지금의 모습이 가져다주는 충격은 비교할 바가 되지 못했다.

'천상 여자라고?'

계산에 밝고, 업무에 철저한 그녀가 한 남자를 바라보며 행복한 미소를 짓는 것이 적응되지 않았다.

이 광경을 어떻게 평가해야 할까.

졸지에 잊혀진 사람이 되어 부글부글 끓었던 마음은 온데 간데없이 사라지고 티엘에 대한 호기심이 모락모락 피어올랐다.

대체 어떤 남자이기에 두 명의 부인을 두고도 카롤리나를 매달리게 만드는 것일까.

강함도 남자의 매력 중 하나라지만 카롤리나가 저렇게 매달리는 모습은 이해가 되지 않았다.

'자세히 보니 얼굴도 잘생겼네. 그러고 보면 나이도 나랑 얼마 차이나지 않잖아?'

하나하나 떠올릴수록 티엘이 상상 이상으로 대단한 인물이라는 걸 알게 되었다.

제국 최강이라는 실력, 거대한 가문의 주인, 잘생긴 외모, 젊은 나이 등등, 어린 시절 철저하게 교육을 받은 귀족 영애라면 반할 수밖에 없는 요소가 집약되어 있었다.

그중에서도 상인 출신으로 철저하게 계산하는 면모를 보이던 체스너 상단의 인물이라면 당연히 티엘이 지닌 매력에 끌릴 수밖에 없으리라.

하지만 그러한 감탄도 잠시, 끝없이 이어지는 수다의 향연에 점점 잊혀지다 못해 사라질 지경이 되어버린 로즈가 존재감을 드러내고자 카롤리나를 불렀다.

"카롤리나, 나도 좀 소개시켜 줘."

"웅? 아, 미안! 연애 사업에 바빠서."

"그런 걸 정면으로 말하는 사람이 어디 있어."

"후작님은 솔직한 여자를 좋아하시거든."

웃음을 지어 보인 카롤리나는 로즈를 가리키며 소개했다.

"후작님, 여기 이 아름다운 여자는 카본 대공 전하의 딸인 로즈예요."

"로즈 카본이에요. 위명이 자자한 로운 후작님을 뵙게 되어 영광이에요."

"티엘 로운이다."

로즈를 바라보는 티엘의 눈에 이채가 스쳐 지나갔다. 한 차례 충돌한 적 있는 카본 대공이 언급되자 보인 자연스러운 반응이었다.

하지만 그들의 인사를 지켜보던 로웰린과 크레티아의 표정이 눈에 띄게 어두워졌다.

티엘이 여자를 보고 변화가 일어난 것은 단 한 번도 없었던 일이었다.

"카본 대공의 딸일 줄 몰랐군."

"아버지랑 닮지 않았다는 말은 자주 들어요. 솔직히 아버지보다 어머니를 많이 닮았죠."

"성격은 비슷한 것 같군."

"그런가요? 그런데 후작님은 아버지를 만난 적이 있으신가요?"

"있다."

"아버지는 만나는 분마다 제게 말씀해 주시곤 했거든요. 로운 후작님이라면 당연히 말씀해 주셨을 텐데, 이상하네."

고개를 갸웃하는 로즈를 보며 티엘은 나직이 고개를 끄덕였다.

카본 대공은 자신이 지닌 비밀에 대해서 말을 하지 않았을 확률이 높았다.

"비슷한 나이 대니 친하게 지냈으면 좋겠군."

"저도 평소에 제국의 미인들에 대해 이야기를 많이 들었어요. 후작님이 찬성해 주시면 저도 부인들과 친하게 지내고 싶어요."

"그러도록."

시답지 않은 이야기를 주고받는 사이, 식사는 끝났고 티엘은 자리에서 일어났다. 그 후, 티타임 시간에 수다를 떨다가 늦은 밤이 되어서야 카롤리나와 로즈가 돌아갔다.

늦은 밤, 크레티아는 로엘린이 머물고 있는 방으로 향했다. 눈에 띄게 불안한 기색의 그녀가 저녁 식사 자리에서 보았던 의문을 털어놓았다.

"언니도 봤죠?"

"…응."

"어떻게 하죠?"

"어떻게 하긴, 평소대로 지내는 거지. 그 정도로 그분이 마음에 둘 리가 없어."

"하지만 평소와 다르다는 것만으로도 불안하다고요. 얼마나 많은 여자가 노리고 있는데! 더군다나 제국사대미녀라고요."

로즈는 제국사대미녀이기도 했지만 배경이 그녀들의 가문보다 위에 속했다.

그 점이 크레티아로 하여금 불안하게 만들었다.

티엘이 무슨 이유로 로즈에게 흥미를 보였을까, 그것을 알고 싶었지만 아무리 생각을 해도 뚜렷한 답은 나오지 않았다.

"안 되겠어! 행동으로 옮길 거야."

"행동?"

"그분의 아기를 낳을 거예요! 그럼 더 이상 불안함을 느끼지 않을 테니."

"쿨럭!"

대담한 그녀의 발언에 로웰린은 사례가 들려 기침을 하고 말았다.

"진심이야?"

"진심이기도 하고, 희망 사항이기도 하고요. 하아, 이렇게 신경 쓰면 나만 손해인데, 마음대로 되지 않으니 너무 속상해요."

"힘내."

"네, 가문으로 돌아가면 더 이상 볼일은 없으니 마음을 놓을게요. 언니는 이유를 알고 있을 것 같아서 찾아왔는데."

"나라고 다 알고 있겠니."

쓴웃음을 짓는 로웰린이었다.

헤인조 지방으로 돌아가기 위해 준비하기 바쁠 무렵, 티엘은 밖에서 느껴지는 기세에 저택을 나선 뒤 인적이 드문 사유지로 향했다.

눈에는 아무도 없는 것처럼 느껴졌지만 그의 감각에는 두 명의 기척이 감지되고 있었다.

"모습을 드러내지."

"오랜만이군."

흰 이를 드러내며 카본 대공이 먼저 모습을 드러냈다. 뒤이어 옆에서 하브리스 공작이 자리를 잡았다.

"일찍 찾아올 줄 알았더니 제법 늦디군."

"이쪽도 사정이 있었다. 로운 후작, 저번에 내가 한 말은 기억하고 있나?"

"기억할 가치도 없던 말을 말하는 건가?"

"여전히 마음속에 반심을 품고 있군."

카본 대공의 목소리에 살기가 섞였다. 피부가 짜릿해질 정도로 날카로운 기세가 전해졌지만 티엘은 개의치 않고 자신의 할 말만 했다.

"날 귀찮게 만들지만 않으면 된다."

"흐흐, 어려운 요구로군. 제국에 충성심이 없다면 제거할 뿐이다."

"인내심 없는 성격은 딸과 참 비슷하군."

티엘의 한마디에 살기를 일으키던 카본 대공의 두 눈이 커지더니 벼락같은 고함을 내질렀다.

"…네, 네놈이 어떻게 내 딸의 성격을 알고 있는 것이냐!"

"한 번 봤으니까. 카롤리나와 제법 친하더군."

순간 머릿속을 스친 생각은 티엘과 카롤리나가 맞선을 보았다는 내용이었다.

'그렇다면 황도의 용건이 저 녀석과?'

로즈와 티엘이 마주쳤다는 사실 하나만으로도 비상경종이 쉬지 않고 울려 퍼지고 있었다. 눈에 넣어도 아프지 않을 딸의 존재를 언급하는 그를 향해 폭풍처럼 살기가 휘몰아쳤다.

"이, 이놈!"

"딸이 아주 예쁘던데, 로즈라고 했던가."

"……."

말을 주고받을수록 불리해지는 것은 자신이다.

그 사실을 자각한 카본 대공은 입을 다물었다. 대신 무시무시한 눈으로 쏘아보면서 언제든지 달려들 준비를 하고 있었다.

"잡담은 거기까지 하도록 하지. 로운 후작, 그대에게 묻고 싶은 것이 있다."

"말하고 싶은 것은?"

"카본 대공의 행동은 격하지만 그가 말하고자 하는 것은 간단하다. 그대가 제국을 향해 여전히 충성심이 존재하는지 여부다."

"황제에게 충성심 따위는 없다. 지금 이 난세에 누가 황제에게 충성심을 품고 있을까, 허튼 이상을 쫓고 있다니 우습군."

"지금 폐하를 모욕하는 것이냐!"

"사실을 말할 뿐. 나는 날 귀찮게 만들지 않으면 제국이 멸망해도 신경 쓰지 않아. 대신 날 건드리면 두 번 다시 건드리지 못하도록 짓밟아줘야겠지."

카본 대공을 바라보는 비엘의 눈이 날카로워지면서 그의 기세가 해일처럼 몰아쳤다.

콰콰콰콰!

기세에 노출된 카본 대공이 이를 갈면서 마주 기세를 일으키려던 순간, 하브리스 공작이 끼어들어 그를 제지하면서 티엘에게 물었다.

"그럼 귀찮게 하지 않으면 적대할 생각이 없다는 건가?"

"그런 셈이지."

"도움을 줄 수도 없나?"

"상응하는 대가를 지불한다면."

"용병과 같군."

"그렇게 생각하는 것이 편하겠군."

"으음."

침음을 흘리면서 하브리스 공작은 생각에 빠져들었다.

티엘의 요구는 생각보다 간단했고, 들어주기 쉬운 것들이었다.

하지만 그것을 모두 들어주면 히드로 2세의 위엄이 서지 않게 된다.

"폐하의 위신을 살려주는 행동도 어렵나?"

"나는 제국의 귀족으로 의무를 저버리겠다는 말이 아니다. 그 외의 귀찮게 매달려서 징징거리는 것이 싫다는 뜻이지."

"그렇군."

티엘이 무슨 말을 하고자 하는지 눈치챈 하브리스 공작이 고개를 끄덕였다.

그는 제국의 충신이 아니지만 그렇다고 간신도 아니다.

귀족의 작위를 수여받아 그것이 지니는 권리를 누리고 의무를 이행할 뿐이었다.

"그 정도면 충분하다."

"이봐, 무슨 말을 하는 것이냐. 저 녀석은 제국의 반동분자다."

"그만해라, 개인적인 감정이 좋지 않다는 것을 알고 있지만 네게 좋을 것 하나 없다."

"무슨 뜻이냐?"

"말 그대로다. 그는 제국의 귀족일 뿐, 폐하의 충신이 아니다. 가만히 두면 알아서 폐하를 모시고 대우해 줄 거란 뜻이다."

"그래도 가만둘 수 없다."

끝까지 고집을 부리는 모습에 하브리스 공작이 표정을 일그러뜨렸다. 자신이 원칙을 지키는 것에 불만을 표출하고 비난하던 그가 납득할 만한 사안임에도 고집을 부리고 있는 것이다.

카본 대공에게 다가간 하브리스 공작이 목소리를 낮춰 말했다.

"여기서 그를 제거하는 것과 실패하는 것, 어느 게 확률이

더 높다고 생각하지?'

"당연히 제거하는 것이다."

"만약 놓치면? 네 딸과 저 녀석이 만날 수도 있다."

"……."

멈칫하는 카본 대공.

자신에게 앙심을 품은 티엘이 사랑하는 딸 로즈와 만나게 되는 어떤 일이 벌어지게 될까, 상상하는 것만으로도 끔찍했다.

"순순히 따르지 않지만 제국의 귀족으로 남겨두면 된다. 내 말이 이해하기 힘든가?'

"이해했다. 네놈, 감히 내 딸을 가지고 협박을 하다니……."

"있을 수 있는 일을 말했을 뿐이다."

"큭!'

억눌린 신음이 흘러나왔지만 할 수 있는 것은 이미 정해진 것과 같았다.

"우리는 더 이상 충성심을 가지고 따지지 않을 것이다. 대신 폐하의 신하가 된 입장을 잊어주지 않았으면 한다."

"귀찮게만 굴지 않으면."

"그럼 우리가 더 이상 이곳에 있을 이유는 없다."

고개를 끄덕인 하브리스 공작의 시선에 카본 대공은 입맛을 다시면서 그의 뒤를 따랐다.

"일전에 보았던 뇌전, 그 힘은 뭐지?"

자리에 멈춰선 카본 대공이 고개를 돌려 티엘을 노려보며 툭 내뱉었다.

"정령력이라는 거다. 그날 네놈의 목숨은 없었을 것이다."

그 말과 함께 멀어지는 두 사람.

홀로 남은 티엘은 카본 대공이 마지막으로 남긴 말을 중얼 거렸다.

"정령력이라……."

자택으로 돌아간 카본 대공은 로즈를 만날 수 있었다. 전날 티엘을 만났다고 하여 무슨 일이 있었는지 물어볼 요량이었 던 그는 로즈의 말을 듣고 두 눈을 부릅떴다.

"지, 지금 무슨 말을 하는 것이냐?"

"헤인조 지방에 가고 싶다고요."

"대체 왜! 왜 그곳으로 가려는 것이냐?"

예상치 못한 말에 감정이 격해진 카본 대공이 당장이라도 낚 아채서 말리려고 할 만큼, 로즈의 말은 예상치 못한 것이었다.

"카롤리나가 이번에 헤인조 지방으로 간다고 하더라고요. 마땅히 할 일도 없고, 황도에 있어 봤자 귀찮은 일만 늘어날 것 같아서 한번 남부 지방도 둘러보려고요."

"안 된다! 혜인조 지방만큼은 안 돼!"

"왜 안 된다는 건데요?"

"그 먼 곳까지 무슨 이유로 가겠다는 것이냐! 친구 따라 간다고 해도 혜인조 지방은 너무 멀어! 수적과 해적이 득실거리는 곳이 바로 혜인조 지방이다. 그것뿐이더냐, 혜인조 지방은 배를 타고 한참 가야 한다."

먼 거리 이동하는 것에 있어 질색을 하는 걸 알고 있었기에 카본 대공은 미리 겁을 주었다.

하지만 그 말에 로즈는 코웃음을 쳤다.

"그 정도 아닌 거 알고 있거든요?"

"뭐, 뭐?"

"수적이라고 해도 혜인조 지방의 로운 후작가 수군이 얼마나 강력한지 이미 대륙에 널리 알려져 있고, 대부분 토벌되었다는 것도 알고 있어요. 그리고 황도에서 가는 동안 구경할 곳도 많다는 걸 알고요."

"…끙!"

그녀답지 않게 사전 조사가 갖춰져 있자, 카본 대공의 입에서 앓는 소리가 흘러나왔다.

마음 같아서는 절대 가지 못하도록 훼방을 놓고 싶었지만 한 번 결심하면 바꾸지 않는 것은 자신을 똑같이 빼닮았다.

"그래도 안 된다."

"왜요?"

"호위를 안심할 수 없다. 그러니 황도에 머물면서 구경을 다녀라. 여기만큼 볼 것이 많은 곳은 드물다는 걸 너도 알고 있지 않느냐."

"싫다니까요."

"대체 왜냐! 왜 갑자기 헤인조 지방이야? 하필이면."

표정을 잔뜩 굳힌 채, 진지하게 물어보니 로즈도 멈칫했다. 그러다 애교를 부리듯 귀여운 미소를 지으며 말했다.

"음, 실은 로운 후작에게 흥미가 생겨서요."

"안 된다! 절대 그 녀석만은 안 돼!"

"이성적인 호기심은 아니에요. 그냥 이런 인간이 어떻게 나타날 수 있었는지에 대한 궁금증? 생물학과 같은 거죠."

"생물학?"

"네, 이상한가요?"

이성적인 호기심이 아니라는 사실에 적잖이 마음을 놓을 수 있었지만 남녀관계라는 것이 어떤 방향으로 흘러갈지 모르는 일이었다.

카본 대공은 차가운 목소리로 말했다.

"부인이 둘이나 버젓이 있는 녀석에게 호기심이 들어 쫓아간다고 하면 당연히 이상하게 여겨질 수밖에 없다."

"하긴."

"그러니……."

"그래도 가볼게요."

끝까지 고집을 부리는 그녀의 모습에 카본 대공은 답답함을 느꼈다.

진심 어린 조언을 해줘도 결정적일 때면 고집을 부리고는 한다. 자신의 말을 듣지 않는 딸의 모습이 야속하여 그의 목소리도 처연해졌다.

"대체 왜 헤인조 지방에 가려고 하는 것이냐?"

"이런 감정은 처음이거든요."

"뭐가 처음이라는 거냐."

"카롤리나의 말을 들을 때만 해도 왜 결혼을 하려고 할까 의아한 마음이 앞섰거든요. 이해가 되지도 않았고. 그런데 로운 후작을 만났던 카롤리나의 표정이 너무나 행복해 보였어요."

"그건 부러움이다."

그렇게 말을 했지만 카본 대공은 그녀의 마음속에 싹트고 있는 감정이 말로 표현하기 힘든 무언가라는 것을 알고 있었다.

아마 로즈도 그 사실을 알고 있으리라.

"네, 맞아요. 로운 후작은 절 신경 쓰지 않더라고요. 아예 없는 사람 취급이라고 할 정도로. 그래서 더 궁금해졌어요.

나도 아버지를 따라다니면 귀족 청년들이 발에 채일 정도로 몰려드는 여자였는데 무엇을 믿고 그런 모습을 보이는 건지. 대체 어떤 사람이기에 그렇게 강해질 수 있었는지 막 궁금증이 피어나요."

"……."

"그러니 부탁드릴게요."

"알았다. 내가 거절하더라도 말을 듣지 않으니 받아들일 수밖에."

"정말요?"

로즈의 얼굴이 눈에 띄게 밝아졌다.

"대신 한 가지만 약속해라."

"얼마든지 할게요."

"다시 돌아올 때 로운 후작, 그 녀석이 왜 그렇게 강해질 수밖에 없었는지 알아오도록 해. 검의 비기 따위를 알아오라는 것이 아니다. 대체 어떤 방법으로 그렇게 강해질 수 있었는지만 알아내면 된다."

"알았어요. 허락해 주셔서 감사해요."

그 말과 함께 와락 안겨드는 로즈.

다 큰 이후로 포옹을 한 적은 없었기에 카본 대공의 표정은 절로 풀어졌다.

"허허. 그래, 언제 떠난다고 하느냐?"

"일주일 이내로요."

"뭐가 그렇게 빠른 게냐."

"로운 후작이 원래 결정을 내리면 행동으로 빠르게 옮긴다고 하더라고요."

"하나부터 열까지 마음에 안 드는 녀석 같으니라고."

졸지에 일주일 내로 딸과 생이별을 하게 된 카본 대공이 원망을 쏟아낼 수 있는 대상은 티엘뿐이었다.

"네?"

"아니다, 가서 즐겁게 놀고 정기적으로 연락을 취하도록 해라."

"물론이죠."

즐거워하는 그녀를 보면서 카본 대공은 응어리진 마음을 풀고자 했다.

'로즈도 원했으니 이 기회에 감시인을 붙여놓는 것도 나쁘지 않겠군.'

순간 떠오른 생각이었다. 로즈를 티엘 곁에 두어 그의 일거수일투족을 살피게 한다는 것을.

하브리스 공작은 괜찮다고 했고, 히드로 2세는 납득했지만 카본 대공은 가장 위험한 인물이 티엘이라고 생각했다.

그는 근본적으로 황제에 대한 충성심을 지니지 않았다. 일말의 경외심이라도 지녀야 하는데, 그런 점은 찾아볼 수 없으니 자칫 커다란 균열을 일으킬 여지가 존재한다고 보았다.

하지만 히드로 2세가 사전에 봉합을 했으니 가까운 거리에서 감시라도 해야 했다.

그것이 카본 대공의 속내였다.

"흐흐흥."

자신의 요구 조건이 받아들여진 것이 기쁜지 콧노래를 흥얼거리고 있는 로즈였다. 그녀의 모습을 빤히 바라보던 카본 대공이 나직이 중얼거렸다.

"양심도 없는 녀석은 아니겠지."

이미 두 명의 부인을 두고 카롤리나와 염문이 퍼지고 있는 상황에서 로즈에게까지 손을 뻗지는 않으리라.

카본 대공은 그 점을 믿었다.

황도를 떠난 티엘은 곧장 셰어드 요새 방향으로 향했다.

제법 긴 여정이었지만 오랜만에 고향으로 돌아간다는 사실에 모두 들뜬 기색을 감추지 않았다.

티엘은 제이론에게 그동안 돌아가고 있는 상황에 대해 물었다.

"가문에 별일은 없나?"

"예, 가스론 자작님이 가신단을 잘 이끌고 계시기에 특별이 문제가 발생하지 않았다고 합니다."

"아이주 지방은?"

"황도에서 주군이 보여주신 정치적인 역량에 대부분의 영주들이 휘하에 합류하였다고 합니다. 헤셀 백작가의 입김이 들어간 몇몇 영주가 반항을 하고 있지만 오래 이어지지 않을 것입니다."

"그렇군."

이미 예상한 대답이었다. 느릿하게 고개를 끄덕인 티엘은 이번 귀환과 전혀 관련이 없는 로즈에게 시선이 머물렀다가 제이론에게 물었다.

"저 여자는 왜 따라온 거지."

"아무래도 주군에게 관심이 있는 것 같습니다."

"정말 그렇게 보이나?"

"그 이유가 아니라면 황도에서 먼 헤인조 지방까지 올 이유가 없습니다. 물론 제 추측이긴 하지만 주군과 관련 있는 것은 분명할 것입니다."

"그렇군."

어차피 로즈에 대해 특별히 신경 쓰는 점은 없었기에 얼마 지나지 않아 상념에서 지워낼 수 있었다.

세어스 요새까지 단숨에 주파한 티엘 일행은 배를 타고 강을 건너기 시작했다.

하지만 그때부터 일정이 바뀌기 시작했다.

"배를 타고 렉스터 남작령으로 향할 것이다."

"예?"

"무슨 안 좋은 일이라도 있으신 것입니까?"

제이론과 렉스터 남작이 놀라 되물었다. 티엘은 개의치 않고 그의 말에 대답했다.

"그동안 수로를 개척하고 한 번도 살피지 않은 것이 마음에 걸렸다. 일정상 돌아가게 되지만 시간을 따져보면 큰 차이는 없지. 안 그런가?"

"예, 그렇습니다, 주군."

렉스터 남작이 고개를 끄덕였다. 하지만 표정은 그리 밝지 못했는데, 영지를 하사받았지만 그동안 관리는 대리인을 내세웠기에 티엘의 눈에 어찌 비칠지 염려가 앞섰다.

"변덕이 섞이기는 했지만 오랜만에 수로를 통해 여행한다는 의미도 있으니 그렇게 알도록."

"알겠습니다."

배를 타고 이어지는 여행은 그리 나쁘지 않았다. 해산물로 요리된 음식을 먹으면서 끝없이 펼쳐진 강 위를 바라보는 것만으로 감상에 젖어들게 만들었다.

"어때?"

"좋은 것 같아."

"상행을 하다 보면 긴 시간 동안 배를 타는 경우가 있어. 짧은 시간은 상관없지만 오랫동안 타면 너무 힘이 들더라고."

"그래? 난 이렇게 여행하고 다닌 게 부러웠는데."

"상행이었다니깐."

"나한테는 여행이야. 이렇게 강을 보면서 맛있는 음식도 먹고, 자고 싶으면 자고. 딱 내가 바라던 삶이야."

행복한 미소를 짓는 로즈.

호기심에 따라나선 여행이지만 하나부터 열까지 그녀의 마음에 맞아떨어졌다.

그녀를 조용히 바라보던 카롤리나가 입을 열었다.

"하나 물어봐도 돼?"

"응."

"왜 헤인조 지방에 올 생각을 한 거야."

"그냥……."

"정말 그냥인 거야?"

"아버지의 속박이 갑갑했어. 벗어나고 싶은 마음도 있었고, 네가 헤인조 지방으로 간다고 하니까 그곳이 어떤 곳인지 한번 보고 싶은 마음도 있었어."

카본 대공의 과보호 속에서 자란 로즈는 친구가 없었다.

유일하게 친분을 유지한 것이 동갑이자, 대공령에 올 일이 있었던 카롤리나였다. 그러다 보니 그녀가 움직이는 곳에 따라다니는 경우가 많았다.

"그렇구나."

"네 남편이 될 사람을 넘보는 일은 없을 테니까 걱정하지 않아도 돼."

"누가 뭐라고 했니."

"얼굴이 붉어졌는데?"

"저, 정말?"

깜짝 놀란 그녀가 얼굴을 더듬자, 로즈가 깔깔 웃음을 터뜨리며 말했다.

"거짓말인데. 근데 정말 그런 생각을 하긴 하고 있었나 보네."

"너, 로즈!"

"꺄아, 무서워라."

달려들려는 그녀를 보며 재빨리 도망가는 로즈였다.

호위병을 먼저 보낸 티엘은 상선에 탑승하여 이동하고 있었다.

이 기회에 민생을 살피겠다는 이유였는데, 호위 규모를 대폭 축소시키는 그의 행동에 렉스터 남작은 당혹스러운 표정을 감추지 못했다.

"안 될 일입니다, 주군. 호위 규모를 이렇게 줄이다니요."

"배에서 내리면 지원을 받을 것이다. 호위가 걱정될 만큼 내가 약해 보이나?"

"그건 아니지만 부인들의 호위에 차질을 빚을 수 있습니다."

"모두 보호할 수 있으니 걱정하지 말고 명령에 따르면 된다."

"…알겠습니다."

티엘의 뜻을 꺾는 것이 불가능하다는 걸 알아차린 렉스터 남작은 호위기사와 호위병 대부분을 먼저 가문으로 돌아가도록 했다. 그리고 렉스터 남작 본인과 세 명의 호위기사, 부인들의 수발을 들 시녀 다섯 명만 남게 되었다.

하지만 렉스터 남작은 여전히 의아한 표정을 감추지 못하고 있었다.

"내가 왜 제이론까지 보낸 건지 궁금한가."

"예."

"나는 내가 없을 때 영지가 어떻게 돌아가는지 보고 싶다."

"아……."

렉스터 남작은 티엘이 막 백작위에 올라 영지를 운영하던 시절을 떠올리며 저도 모르게 고개를 끄덕였다.

당시 흉심을 숨기고 있던 아돌프 자작의 존재로 인해 티엘은 허수아비 백작이 되어 이리저리 휘둘리는 수모를 당해야만 했다.

훗날 그것이 모두 의도된 것이었으며, 영지를 바로 잡기 위한 수단이라 알려졌지만 사실이 아닌 것쯤은 알고 있었다.

"어떻게 될지 궁금하지 않나?"

"처음부터 살펴보실 생각이셨군요."

"전에 말했던 것처럼 나는 내가 직접 영지를 다스릴 생각이 없다. 나보다 행정이 유능한 자가 많고, 군사 전략에 능통한 이도 많지. 더 잘하는 자가 많은데 내가 관여를 한다는 것은 그들 입장에서 재미없는 행동이지."

"그렇습니까."

렉스터 남작의 상식으로는 납득하기 힘들었지만 주군의 말이기에 고개를 끄덕일 수밖에 없었다.

"나쁜 의미로 겪어보았으니 좋은 의미로 살펴볼 생각이다. 내가 없는 영지에서 가신들이 과연 책임감을 가지고 일을 하고 있는지."

"만약 기대에 부응하지 못하면 어떻게 하실 건지……."

"모든 권리에는 의무가 따르는 법이다. 자신의 권리만 취하고 의무를 이행하지 않는다면 상응하는 벌을 내릴 수밖에."

"……."

차갑게 느껴지는 그의 말에 렉스터 남작은 입을 다물 수밖에 없었다.

별 이유 없이 계획된 탐방이었지만 무수히 많은 피가 흐를 수 있었다.

'잘되었으면 좋겠군.'

모든 일이 순탄하게 흘러가기를, 렉스터 남작은 진정으로 원했다.

제7장

성장통

티엘이 탑승한 것은 약 백여 명이 탈 수 있는 큰 규모의 상
선이었다.

선장은 처음 탈 때부터 티엘의 신분이 심상치 않다는 것을
눈치채고 있었다. 차림새만 보아도 귀족임이 분명했고, 모자
로 얼굴을 가리고 있는 여인들은 얼핏 드러난 턱선만으로 미
인임을 짐작케 했다.

돈도 많은 귀족 나리가 일개 상선을 탄다는 게 이상했지만
으레 하는 변덕이려니 생각하면서 공손히 대하는 모습을 보
이곤 했다.

오늘도 배를 몰기 여념이 없던 그는 갑자기 다가오는 티엘을 보고는 깜짝 놀란 표정을 지었다.

"선장."

"예, 나리."

"이대로 가면 얼마나 걸리지?"

"속도가 붙고 있으니 사흘이면 도착할 것 같습니다."

"사흘이라, 이곳에서 배를 운영하면 먹고 살 만한가?"

"예전에는 풍족하게 먹고 살 수 있었지만 요즘은 사정이 여의치 않습니다."

"사정이 어렵다고?"

의아한 표정을 짓는 티엘을 보며 선장을 무슨 말을 하려다가 멈칫했다.

자신이 무슨 말을 하더라도 물어보는 이 역시 결국 귀족이었다. 그의 입장에서는 호기심 충족에 지나지 않지만 자신에게는 치도곤이었다.

"아닙니다. 그냥 그럴 일이 있었습니다, 그렇게만 알아주시길."

"무언가 있긴 하군."

"아닙니다."

이렇게 행동하는 것도 무례했지만 삶이 달려 있었기에 어쩔 수 없었다.

티엘이 눈썹을 찌푸리며 무언가 더 물어보려고 했지만 빠른 걸음으로 다가온 선원이 작은 목소리로 선장의 귀에 속삭였다.

"선장님, 손님입니다."

"벌써 왔나, 알았다."

작게 고개를 끄덕인 선장은 티엘에게 고개를 깊게 숙이며 말했다.

"자세한 설명을 드리지 못하는 저를 너그러이 용서해 주십시오, 나리. 저는 용건이 생겨서 먼저 가보도록 하겠습니다."

티엘이 멀어지는 선장의 뒷모습을 바라보며 렉스터 남작에게 물었다.

"지금 상황을 어떻게 보지?"

"주군의 물음에 제대로 대답하지 않은 대가를 치르게 해야 합니다."

"그에게 피치 못할 사정이 있음에도?"

"귀족의 물음에 불응한 것 자체가 심각한 죄입니다."

"그런 것 따위는 신경 쓰지 않는다. 나는 선장이 대답하지 못한 게 뭔지 궁금하군."

티엘은 선장이 무언가 하고 싶은 말이 있음에도 애써 삼키는 걸 보았다.

그것은 근래 그를 힘들게 만드는 이유일 터였고, 자신과 관런이 있다는 것을 알아차릴 수 있었다.

자리를 벗어나 갑판 위를 걷고 있던 티엘은 세 척의 배가 가까이 다가온 것을 볼 수 있었다.

아까 그 선장이 그 배에서 나온 사람들과 대화를 나누고 있었는데, 연신 허리를 굽히면서 사정하기 바빴다.

하지만 선장 맞은편에 서 있는 장한은 입가에 조소를 띤 채 대하고 있었다.

그러다 티엘을 발견한 장한은 선장을 바라보며 이죽거렸다.

"이봐, 귀족이 타면 상납이 더 많아야 한다는 걸 잊었어?"

"아이고, 여기서 상납금을 더 늘리면 남는 것이 하나도 없습니다."

"그건 내가 알 바가 아니지. 나한테 중요한 건 네놈이 돈을 버는 게 아니라 우리가 채워야 할 양을 채우는 거니까. 자, 귀족은 두 당 세 배로 치니 돈을 더해 보실까? 아니, 귀족이 혼자가 아니라 더 있을 수도 있겠군. 그렇지?"

고개를 돌려 티엘을 바라보는 선장의 눈에는 원망이란 감정이 섞여 있었다.

그러다 돌이킬 수 없는 상황이라는 것을 느낀 듯 고개를 푹 숙이며 대답했다.

"예……."

"그럼 어서 돈을 더하라고. 나 말고 기다리는 손님도 많은 듯하니."

선장은 눈물을 머금고 품속에서 돈을 더 꺼내 주머니에 채워 넣었다.

그 광경을 물끄러미 바라보던 티엘의 콧속으로 상큼한 향기와 함께 한 여인이 다가왔다.

"여기서 뭐하세요?"

"돌아가는 상황을 지켜보는 중이었다."

"네? 어라, 저건?"

여인, 카롤리나는 장한에게 주머니를 건네는 선장을 보고 눈을 동그랗게 떴다.

"알고 있나?"

"네, 상선에 통행세를 걷는 자들이네요."

"통행세?"

"이곳을 지나게 되면 통행세를 걷는 자들이 나타나곤 해요. 하지만 그 숫자가 불규칙한데, 상선을 운영하는 선장들은 제발 조금 만나길 기도하죠. 한 번에 세 명이 달려들었으니 저 선장은 손해를 보겠네요."

"원래 이런 게 존재했나?"

"수적과 해적이 사라지면서 그들을 소탕한 비용을 거두어들인다고 들었어요."

"렉스터 남작."

"예, 주군."

돌아가는 상황이 심상치 않다고 느낀 렉스터 남작이 잔뜩 긴장하고 대답했다.

"지금 상황, 알고 있나?"

"죄송합니다."

"그렇다면 누가 저 통행세를 걷는지도 모른다는 뜻이로군."

"아무래도… 주군!"

대답을 하던 렉스터 남작은 돌연 티엘이 앞으로 걸어 나가는 것을 보고 깜짝 놀라 뒤를 따랐다.

두둑한 돈 주머니를 보고 미소를 짓던 장한이 몸을 돌릴 무렵, 뒤에서 티엘의 음성이 걸음을 붙잡았다.

"잠시."

"엉, 뭐야? 귀족 나리잖아."

입가에 비릿한 미소를 짓던 그는 뒤따르는 렉스터 남작을 보고 움찔했다가 카롤리나를 보고 두 눈을 휘둥그레 떴다.

얼굴 대부분을 가리고 있었지만 얼핏 본 것만으로도 상상 이상의 미모를 지니고 있음을 알아차린 것이다.

"무슨 일이쇼, 귀족 나리?"

"이 통행세, 누가 걷는 거지?"

"엉? 그야 우리가 걷어서 강의 치안 유지에 쓰는 거 아니겠소. 물론 대부분이 높으신 분들에게 들어가고 있지만."

대수롭지 않은 말이었지만 그것이 미치는 파장은 만만치 않았다.

뒤따라온 렉스터 남작의 표정이 분노로 얼룩졌다. 자신의 영지 인근에서 이런 일이 벌어진다는 것은 기사가 되어 최악의 오물을 뒤집어쓴 것과 다를 바 없었다.

"그렇군."

"그나저나, 흐흐!"

고개를 끄덕이는 티엘을 뒤로하고 장한의 입가에 음흉한 미소가 걸렸다.

"무슨 용무지?"

"거기 있는 여자는 두고 갔으면 좋겠는데."

"……?"

"몰랐으면 모르겠는데 이렇게 가까이서 보게 되니 엄청 예뻐 보여서 말이야. 그냥 지나칠 수 없지."

언제 신호를 보냈는지 삼십여 명의 건장한 남자가 무기를 쥔 채 다가왔다.

주변을 둘러본 티엘이 무미건조한 음성으로 물었다.

"수적질이라도 하겠다는 건가?"

"필요하다면 얼마든지 가능하지."

"순순히 넘기면 좋게 해결될 것 같은데, 어때?"

티엘이 고개를 돌려 카롤리나를 바라보며 물었다.

"그렇다는데?"

"제 마음 아시면서."

그 말과 함께 그의 곁에 바짝 다가와서 달라붙는 그녀였다. 교태 섞인 그녀의 목소리에 무기를 꼬나쥔 자들의 목울대가 힘차게 움직였다.

"얼굴을 가려도 이런 일이 벌어질 줄 몰랐는데."

"호홋! 괜히 소문이 퍼진 게 아니죠. 아마 다른 분이 나와도 비슷했을 거예요."

"그렇겠지."

"닥쳐! 얼른 여자를 내놓고 꺼져라!"

자신들을 무시한 채 태연하게 대화를 나누는 티엘을 보며 장한이 소리를 질렀다.

"아무래도 듣고 싶은 것이 많군, 렉스터 남작."

"예, 주군."

"모두 제압하도록. 입은 하나면 충분하니 무기를 쥐고 반항하면 죽여도 된다."

"알겠습니다."

힘차게 호명한 렉스터 남작이 검을 뽑아 들어 벼락처럼 휘둘렀다.

검 끝에 푸른 기운이 서리다가 뿜어지자, 혼비백산한 수적들이 사방으로 흩어졌지만 자신들이 있는 곳이 아닌 다른 방향으로 향하자 모두 비웃음을 지었다.

"낄낄! 지금 뭐하는……."

하지만 그의 웃음은 끝맺지 못했다.

콰과광!

방금 뿜어진 오러가 배에 작렬하면서 그대로 가라앉기 시작한 것이다.

탑승하고 있던 수적들은 비명을 지르며 저마다 바다속으로 빠져들었다.

렉스터 남작은 그들을 개의치 않고 다른 배도 차례대로 격침시켰다.

"……."

꿀꺽!

상상을 초월하는 광경에 수적들은 침을 삼키면서 긴장감을 드러냈다.

렉스터 남작은 상황 파악을 하지 못하고 있는 그들에게 선택안을 주었다.

"무기를 놓고 바닥에 엎드려라. 그럼 목숨만은 살려주도록 하지."

"다, 닥쳐! 제아무리 강해도 혼자일 뿐이다. 저 녀석만 제압하면 우리가 이길 수 있다!"

슈각!

그것이 유언이었다.

섬광처럼 허공을 가른 검은 그대로 목을 스치고 지나갔고, 무슨 일이 일어났는지 영문을 모르는 표정을 지은 채 그대로 무너졌다.

그 광경을 태연히 바라보던 티엘이 입을 열었다.

"보이지 않는 쾌검이라고 들어봤나."

"보이지 않는 쾌검? 보이지 않는 쾌검!"

"렉스터 남작!"

한때 쾌검의 달인으로 이름을 높인 렉스터 남작의 이름이 나오자 수적들의 얼굴이 하얗게 질렸다.

이제 후작이 된 로운 후작가의 실세인 렉스터 남작은 마스터 칭호를 받을 만큼 최강의 무위를 보유한 검사였던 것이다.

그에게 이렇게 명령을 내릴 수 있는 사람은 제국에 단 한 사람뿐이다.

"로운 후작……."

"감히 주군의 이름을 함부로 부르다니!"

"컥!"

렉스터 남작의 기세와 정면으로 접한 수적이 그대로 거품을 물면서 정신을 놓았다.

"모두 이 자리에서 죽을 것인가, 항복할 것인가. 정하도록
해라."

챙그랑.

마스터를 앞에 둔 수적들은 저항 의지를 잃고 하나둘씩 검
을 내려놓기 시작했다.

상황은 순식간에 일단락되었다.

상선을 지키고 있던 호위가 나서서 수적들을 포박했고, 어
질러진 전장을 정리했다.

어지른 것을 모두 수습하기 무섭게 티엘에게 다가온 선장
이 고개를 숙였다.

"죄송했습니다."

"각자 위치에서 최선을 다한 것밖에 없다. 그것이 최선이
었을 테니 탓하지 않겠다. 가서 일을 보도록."

"하지만……."

"하고 싶은 말이 더 있나."

"아닙니다, 용서해 주셔서 감사합니다."

아쉬운 기색이 역력했지만 첫 만남에서 어긋난 것은 자신이
었기에 선장은 아무 말도 하지 못한 채 물러날 수밖에 없었다.

그 모습을 바라보던 티엘은 심문을 마치고 다가오는 렉스

터 남작을 볼 수 있었다.

"수확은?"

"……."

"그것만으로도 충분하군."

렉스터 남작의 표정은 석고상처럼 딱딱하게 굳어 펴질 줄 몰랐다. 이미 짐작하고 있었던 티엘은 고개를 끄덕여 수긍하는 모습을 보였다.

"영지로 향하셔야 합니다."

"어째서지?"

"그건……."

"자세한 이야기는 배에서 내린 뒤 하도록 하지. 아무래도 할 이야기 많을 테니."

"예, 죄송합니다."

수적이 말한 내용은 워낙 충격적이었기에 렉스터 남작은 깊게 고개를 숙인 뒤 물러났다.

그 광경을 바라보던 카롤리나가 말했다.

"큰 충격을 받으신 것 같아요."

"자기 영지 앞에서 벌어진 일이니 충격이 클 수밖에."

"이런 건 비일비재한데. 크게 상심하지 않으셨으면 좋겠어요."

"그랬으면 좋겠는데 어떨는지 모르겠군. 그나저나 상계에서는 흔한가?"

"네, 아무래도 서로 상품을 납품하기 위해 뇌물을 바치거나 중간에 횡령하는 경우가 많거든요."

"상계라, 돈이 많이 돌아다니니 그만큼 비리를 저지르기도 쉽겠지."

당장 중요한 것은 상선을 향해 지속적으로 통행세를 받아낸 것이었다.

한 척당 배가 지불하는 비용은 크지 않다고 해도 하루에 수백 척이 지나다니는 만큼 그것을 걷으면 금액은 상상을 초월할 만큼 커지게 된다.

그 많은 돈을 그동안 누군가가 착복하고 있었다는 걸 뜻했다.

"수장을 정리해야겠군."

꼬리가 보인 이상 행동으로 옮기는 일만 남았다.

배에서 내린 티엘은 배를 한 척 징발하여 곧장 수적들의 본거지로 진격했다.

불과 한 척에 불과하여 노를 젓는 수병들은 불안한 기색을 감추지 못했다.

그것은 로즈 또한 마찬가지였는데, 이미 사정을 알고 있는 다른 여인들과 달리 그녀는 전혀 아는 바가 없었기에 갑자기 진행되는 지금의 상황을 이해하는 것이 쉽지 않았던 것이다.

호기심을 참지 못한 그녀는 카롤리나에게 벌어지고 있는 상황에 대해 물었다.

"지금 어디 가는 거야?"

"수적 본거지를 부수러 가는 거야."

"뭐, 수적 본거지? 거긴 왜 가는 건데."

"그야 가문에 해가 되니 제거하는 거지. 수적이 상행에 얼마나 큰 문제를 일으키는데."

근방에 알려진 수적의 부류는 세 가지로 나뉘었는데, 모두 작은 섬을 차지하고 요새를 쌓아 정규군이 공격해도 토벌하기 힘든 곳에 위치해 있었다.

얼마나 견고하게 쌓았는지 활로는 어림도 없었고, 심지어 대마법 방어진까지 새겨놓아 철옹성을 연상케 하였다.

배를 멈춰 세운 티엘은 렉스터 남작에게 시선을 옮긴 뒤 말했다.

"잘 보도록."

그 말과 함께 티엘의 신형이 솟구쳤다.

수적의 요새가 위치하고 있는 곳은 물길이 빠르고 길이 좁아서, 커다란 배가 움직이기에 어려움이 따르는 곳이었다.

하지만 허공을 걷는 것처럼 자유롭게 이동하는 티엘에게는 해당하지 않는 사항이었다.

크레티아와 로즈는 성큼성큼 걸음을 옮기는 티엘을 보면서 경악성을 감추지 못했다.

"말도 안 돼!"

"저런 게 가능한가요?"

"언니는 알고 계셨나요?"

카롤리나의 물음에 로웰린은 고개를 저었다.

"난 몰랐어. 하지만 저런 일은 어렵지 않게 해내실 수 있다고 생각했어."

"확고한 믿음, 언니는 후작님을 진심으로 믿고 있는 것 같아서 부러워요."

"부럽긴."

매사에 당당한 그녀가 부러움을 드러내자, 로웰린의 입가에 미소가 맺혔다.

그 순간, 허공 위로 올라선 티엘이 검을 뽑아 들었다. 햇빛에 반사된 검이 눈부신 빛을 발하면서 느릿하게 모습을 드러냈다.

웅웅!

검이 잘게 떨리면서 푸른 기운이 맺히기 시작했다. 그것은 차츰 뭉치면서 실처럼 늘어지기 시작하더니, 검 전체에 맺혀 넘실거리기 시작했다.

그리고 검을 뻗는 순간 극도로 응축된 기운은 마치 살아 있는 생명체처럼 직선으로 쏘아지기 시작했다.

수십 다발의 오러는 단숨에 요새를 향해 쇄도했고, 충돌하는 순간 어마어마한 폭음이 울려 퍼지기 시작했다.

꽈르릉! 꽈과광!

정규군의 토벌도, 마법 공격도 두려워하지 않는 요새가 티엘의 검에 무너지기 시작했다.

요란한 폭음과 함께 고통에 몸부림치는 수적들의 비명이 아우성쳤다.

하지만 그들의 재앙은 거기서 끝나지 않았다.

티엘은 몸부림치는 수적들의 비명에도 아랑곳하지 않고 검을 휘둘러 요새 성벽 하나하나를 부숴 나갔다.

그것이 끝이 아니었다. 티엘은 차근차근 정박되어 있는 배를 모조리 격침시켰다.

푸른 오러가 소용돌이치면서 목표를 완벽하게 부숴 나가는 모습은 적에게 있어 신벌 그 자체였다.

"으음."

요새부터 배까지 모조리 파괴된 것을 본 렉스터 남작의 입에서 침음성이 흘러나왔다.

티엘의 실력이 뛰어나다는 것은 알고 있지만 허공을 자유롭게 이동하는 것부터 시작하여 오러를 자신의 의지대로 움직인다는 것은 경이 그 자체였다.

"저것이 가능한 경지라니."

오러에 의지를 싣는 경지.

아직 그것까지 까마득하게 여겨지는 만큼 티엘이 보여주는 것은 앞으로 나아가야 할 길과 같았다.

타닥.

"여기까지 하지."

어느새 공격을 마친 티엘은 배 위에 올라섰다. 모두 멍하니 바라보고 있을 때, 검을 갈무리한 그는 선장을 재촉했다.

"안 물러나나?"

"예? 아, 예. 알겠습니다."

부리나케 움직이는 선장을 바라보던 렉스터 남작이 티엘에게 물었다.

"주군, 완전히 끝내지 않는 이유가 무엇입니까?"

"그럴 필요가 있나?"

"무슨 말씀이신지?"

"요새는 완전히 파괴되었고 배도 모조리 격침당했다. 수적들이 할 수 있는 일은 사실상 아무것도 없지. 그럼 남는 것은 수군이 저곳을 정리하면 된다. 귀찮은 일을 내가 할 이유는 없지."

"아……."

고개를 끄덕인 렉스터 남작은 순순히 납득했다.

그 후에도 보인 티엘의 행보는 전광석화 그 자체였다.

다른 두 수적의 본거지도 앞서 파괴되었던 곳과 비슷했고, 파괴되는 과정도 비슷했다.

처음에는 충격이 컸지만 두 번 보고, 세 번째가 될 때는 너무나 당연하게 여겨졌다.

사흘.

지긋지긋하게 골치를 썩이던 수적 본거지 세 곳이 파괴된 시간이었다.

뒤늦게 연락을 받은 수군이 파괴된 곳을 수습했고, 처참하기 그지없는 광경에 티엘의 위명이 다시 한 번 헤인조 지방에 알려지는 계기가 되었다.

수적 본거지 토벌을 마친 티엘은 곧장 영지로 향했다.

오랜만의 귀환이었지만 가신들 누구도 밝은 표정을 짓지 못했다. 티엘이 수적 토벌에 앞서 서신을 먼저 전함으로써 가문 전체가 발칵 뒤집혔던 것이다.

파란은 계속 이어졌다.

티엘의 명령을 받은 마블론은 기사를 대동하고 조사에 착수했고, 그 과정에서 가신 대다수가 체포되기 시작했다.

그 숫자가 열 명이 넘고, 스무 명, 오십여 명에 달하자, 급기야 영지 업무가 마비되는 경우가 벌어지기까지 했다.

자연히 가신단을 이끄는 가스론 자작이 깜짝 놀라 티엘을 찾았다. 이미 수적을 토벌한 것 때문에 헤인조 지방은 떠들썩했다.

　"주군, 이게 어떻게 된 것입니까?"

　"모두 뇌물과 관련된 자들이다."

　"뇌물? 뇌물이라니 그게 무슨 말씀이십니까!"

　"그건 제 스스로 잘 알고 있을 것이다."

　"주군! 신의 얼굴을 봐서라도 자세히 말씀해 주십시오."

　나이가 지긋한 노신의 부탁에 티엘은 미간을 찌푸리다가 입을 열었다.

　"별수 없군."

　그는 배를 타고 오면서 수적이 통행세를 걷고, 제멋대로 이득을 취하고 있는 상황을 본 것에 대해 설명해 주었다. 그리고 그들이 활개치는 것을 눈감아준 대가로 가신 상당수에게 거액이 흘러간 것을 설명했다.

　"말도 안 돼."

　"이미 벌어진 일이고 탓할 생각은 없다. 단기간에 과실이 맺히니 어떻게든 그것을 따먹으려고 하는 어리석은 녀석들의 실책이니."

　"모든 것이 제 실수입니다. 저를 벌하여 주십시오, 주군!"

　"그대는 훌륭하게 영지를 운영했다."

뇌물과 연류된 가신의 숫자는 계속해서 늘어났다.

그들은 자신이 지닌 권한을 이용하여 뇌물을 바친 자들의 편의를 봐주었다.

금액은 푼돈에서 거액에 이르기까지 다양했는데, 통행세로 착복한 금액은 가히 상상을 초월했다.

"계속 조사를 해야겠지만 현재 발견된 것은 이 정도입니다, 주군."

조사 책임을 맡은 것은 마블론이었다.

가신 칠십여 명과 연류 된 자 천여 명이 체포되고 나서야 대부분의 전모를 파악할 수 있었다.

"수고했다."

"아닙니다. 하지만 충격적인 사실을 외부로 공표할지 고민입니다."

"우리의 약점을 드러낼 필요는 없지. 침묵하도록."

"알겠습니다."

마블론의 표정을 딱딱하게 굳게 만든 이유.

바로 이번 가신들의 부패 이면에 윈스터 후작가가 연관된 증거가 드러났던 것이다.

윈스터 후작가에서 온 이들이 은밀하게 재물을 뿌리고, 돈맛을 들이게 함으로써 수적 출신이었던 자들을 동원하여 요새를 쌓고 통행세를 걷게 하였다.

그 작전 규모가 어찌나 방대했던지 체포된 가신 칠십여 명의 증언을 듣고 나서야 간신히 정황을 파악할 수 있었다.

"……."

회의장에 모인 이들은 하나같이 침통한 표정을 지우지 못하고 있었다.

윈스터 후작가에서 행해진 간교한 계책에 당한 것에 커다란 충격을 받은 것이다.

"설마하니 내부에서 곪아가게 할 줄은 몰랐습니다."

토릭슨의 말에 티엘이 물었다.

"대책은?"

"윈스터 후작가를 추궁하더라도 그들은 발뺌할 것이 분명하기 때문에 실효성을 거두기 힘듭니다."

"이것으로 끝이라 생각하나?"

"저들도 생각이 있다면 더 이상 수작을 부리지는 못할 것입니다. 하지만 쉽지 않게 되었습니다. 우리의 번영을 좋지 않게 바라보는 이들이 행동으로 옮기고 있다는 걸 의미하니."

"처음부터 우리의 발전을 좋아하는 이들은 없었다. 대책은 있나?"

"현재로써는 윈스터 후작가의 계책이 어느 선까지 뻗어 있는지 확인해야 합니다. 그 부분을 철저히 조사하고, 더 만전을 기할 수밖에 없습니다."

일방적으로 당하기만 했을 뿐, 할 수 있는 것은 아무것도 없었다.

"업무 현황은?"

"아무래도 공백이 생길 수밖에 없습니다. 주군, 그래서 그런데……."

"죄를 지은 자들에게 베풀 자비는 없다. 모조리 형을 집행하도록."

"예."

돈을 착복하고, 유흥비로 탕진한 이들의 죄는 무거울 수밖에 없다. 그것이 설사 적의 계책에 빠져든 것이라고 해도 티엘은 예외를 두지 않았다.

칠십 명에 달하는 가신이 일제히 체포된 것은 가문에 커다란 파장을 일으켰다.

티엘은 드루윙 백작에게 행정 부분의 인재 파견 요청을 하였고, 아스트롱 공작가에도 마찬가지 요청을 하였다.

들끓는 물을 부은 것처럼 헤인조 지방 전역이 들끓고 있었다.

제국 최강의 기사라는 티엘의 수호 아래 승승장구해 왔던 것과 사뭇 다른 전개였다.

북부 전선을 모두 정리하고 있던 윈스터 후작은 당분간 로운 후작이 움직일 수 없게 되었다는 소식을 듣고 입가에 미소를 그렸다. 그리고 이번 계책을 수행한 채블린을 치하했다.

　"멋진 계략이었다."

　"감사합니다, 주군."

　"당분간 움직일 수 없게 되겠지."

　"로운 후작가의 인재들 면면은 뛰어나지만 단기간에 성장했다는 단점이 있습니다. 새로 가신들을 받아들이더라도 적응할 시간이 필요하니 제대로 움직이기 힘들 것입니다."

　"좋은 판단이다."

　로운 후작의 존재감은 윈스터 후작의 앞날에 여러 가지 변수로 작용했다.

　북부를 일통한 윈스터 후작은 카본 대공령을 두고 공격 시일을 조율하고 있었다.

　전대 황제의 동생인 카본 대공을 공격하는 것은 그의 입장에서도 여러 가지 변수가 될 수밖에 없었다.

　황족을 향한 공격은 곧 반역을 의미하는 것.

　제국의 반역자라는 탈이 마땅치 않았던 윈스터 후작가는 두 개의 의견으로 갈라져 팽팽한 대립을 보이고 있었다.

　강경파는 이대로 진군을 계속하자고 했고, 온건파는 내실을 기하여 전력을 키워 나가자고 하였다.

모두 옳은 의견이었고, 결정은 윈스터 후작의 몫이었다.

그리고 내린 그의 결정은 주변 세력의 약화 이후, 다시 결정을 내리는 것이었다.

로운 후작가는 충성심과 책임감이 낮은 가신들을 대거 타락시키는 계책을 실행했고, 황도에서 여러 갈래로 갈라진 귀족 정계의 세력을 더 잘게 쪼개어 정신없이 만들었다.

헤셀 백작가의 경우에는 청크 지방을 일시적으로 약화시킴으로써 움직일 수 있는 빌미를 제공하였다.

이와 같은 부지런한 행보는 곳곳에서 효과를 보고 있는 중이었다.

채블린과 작전에 대해 이런저런 대화를 나누던 윈스터 후작이 자리에서 일어나며 물었다.

"레임은 뭘하고 있지?"

"전략 전술을 다룬 책을 읽고 공부를 하고 계십니다."

"그런가."

"오오, 그래?"

"주군을 뒤에서 보좌하기 위해 날마다 열심히 공부를 하십니다."

"만족스럽군."

레임은 윈스터 후작의 차남으로, 그가 가장 예뻐하는 아들이었다. 얼굴도 잘생기고 머리도 뛰어나 내심 후계자로 낙점

해 놓은 인물이었다.

"레임을 보고 싶군."

"한번 가시지요. 주군께서 직접 응원을 해주시면 레임 공자님도 즐거워할 것입니다."

"그럴까."

가문의 세력이 급속도로 향상되기 시작하면서 윈스터 후작도 일에 파묻혀 이렇다 할 여가 시간을 갖지 못하고 있었다.

그럼에도 의욕을 가지고 행동할 수 있었던 것은 다음 대에 대한 희망이 있고, 자식들이 저마다 뛰어난 재능을 곳곳에서 드러내고 있기 때문이다.

채블린과 함께 나선 윈스터 후작은 레임이 공부하고 있는 곳으로 향했다.

넓은 지도를 펼쳐놓고 전략을 짜는 데 골몰하던 그는 갑작스러운 윈스터 후작의 방문에 깜짝 놀란 표정을 지었다.

"아버님이 어찌 이곳까지?"

"네가 공부를 하고 있다는 말을 듣고 찾아왔다. 이것은 노르앙 후작과의 결전이구나."

그 전투는 제국 북부의 패자를 가른 전투였기에 윈스터 후작도 잊을 수 없었다.

레임이 고개를 끄덕였다.

"아버님의 전투 중 가장 큰 성과를 거둔 전투이기에 종종 가상 전투를 설정해 보고는 합니다. 노력은 하고 있지만 아직 제게는 쉽지 않다고 느껴집니다."

"너는 아직 어리고 경험이 부족하다. 하나씩 쌓아나가다 보면 종래에는 더 큰 일을 할 수 있게 되겠지."

"노력하겠습니다."

"노력하는 모습을 보니 흡족하구나. 앞으로 더 열심히 하도록 해라."

"예."

그 후에도 윈스터 후작은 레임에게 몇 가지 격려의 말을 건넸다. 그때마다 레임은 공손히 대답하면서 그가 바라는 아들의 모습을 보여주었다.

긴 시간을 낼 수 없었던 윈스터 후작은 채블린에게 더 많은 전략을 물어보라면서 자리를 떠났다.

그때까지 착한 아들을 '연기' 하고 있던 레임이 입꼬리를 말아 올렸다.

조금 전까지 보인 착하고 순박한 이미지를 벗어던지는 모습이었다.

"채블린."

"예, 공자님."

"이 정도면 아버님이 만족하셨을 것 같나."

"충분합니다. 정말 훌륭하셨습니다."

"잘 모르겠군. 아버님이 과연 이 정도로 나를 마음에 두셨을지."

"공자님께서는 여러 방면으로 두각을 드러내고 계십니다. 다른 가문을 혼란스럽게 만들고 있지만 본가도 그 범주에 속하고 있는 이상 공자께서 착실하게 신뢰를 쌓아나간다면 후계자가 되는 것도 가능할 것입니다."

"나도 그걸 원하고 있다."

둘째인 레임이 원하는 것은 윈스터 후작의 정식 후계자가 되는 것이다.

현재 가문의 후계 구도는 장남 그리퍼와 레임, 두 사람 구도로 나눠져 있다.

장남 그리퍼는 윈스터 후작의 둘째 부인이 낳은 아들이었고, 레임은 정식 부인에게 얻은 아들이다.

정통성은 레임에게 있었지만 장남이라는 것과 어린 시절부터 윈스터 후작을 보좌해 온 가신들이 그리퍼를 지지하고 있었기에 상황은 팽팽하게 흘러가고 있었다.

"질렛과 실레반만 아니었으면 내가 후계자가 될 수 있었을 텐데."

레임의 불만은 바로 제1책사인 질렛과 제2책사 실레반이었다.

원스터 후작의 절대적인 신뢰를 얻고 있는 그들은 가문에 잡음이 일어나는 것을 원하지 않았기에 오래전부터 그리퍼를 지지했다.

채블린이 흥분하는 그를 다독였다.

"그들을 건드리기에는 아직 시기가 아닙니다."

"후계자가 되면 가문의 구태를 이어나가는 그들을 모조리 실각시킬 텐데. 내게는 현재 상황을 제대로 꿰뚫어 보고 냉정하게 판단내릴 수 있는 채블린 경 같은 인물이 필요합니다."

"저도 레임 공자님이 주군의 뒤를 이을 유일한 재목이라 생각하고 있습니다."

"역시 우리는 마음이 잘 맞습니다."

둘은 서로를 보며 미소 지었다.

후계 구도에서 조금씩 멀어지던 레임을 일으킨 것은 채블린이었고, 그의 조언을 들으면서 조금씩 착실한 아들의 이미지를 쌓아나갔다.

먼 곳을 바라보고 내딛은 한 걸음이 조금씩 목표를 향한 의지가 되었고, 지금에 이르러서는 그리퍼를 위협하는 위치까지 성장했다.

"저는 반드시 후계자가 될 겁니다."

북부를 통일한 원스터 후작가는 이미 왕국 못지않은 방대한 규모를 자랑했다.

마음만 먹으면 언제든지 삼십만이 넘는 대군을 동원할 수 있으며, 영지 내에서 생산되는 풍부한 식량은 대군을 유지할 수 있는 자급력으로 이어졌다.

레임은 윈스터 후작의 뒤를 이어 제국을 통일하고 황제의 자리에 올라서는 것을 원하고 있었다.

"공자님이면 가능합니다."

"예, 해내겠습니다."

성공 의지를 다지며 주먹을 쥔 레임을 바라보며 채블린은 미소를 지었다.

장남 그리퍼는 오래전부터 자신이 맡은 일을 수행하면서 조금씩 지지 기반을 넓혀왔다.

어머니가 정식 부인이 아니기에 정통성에 대한 결함을 가질 수밖에 없었고, 일찍부터 실전에 배치되어 조금씩 능력을 보여 왔다.

윈스터 후작의 피를 진하게 이어받은 그는 사람을 끌어들이는 매력을 지니고 있었고, 수차례 전투에서 승리를 거두면서 장군의 가능성도 보여주었다.

하지만 북부가 통일되고 더 이상 전투가 지속되지 않자 두각을 드러낸 것은 레임이었다.

방금 전 보고를 전해 들은 그리퍼의 표정이 처참하게 일그러졌다.

"주군께서 레임 공자에게 다녀갔다고 합니다."

"아버님께서는 여전히 레임을 신뢰하시는군. 내게는 조금도 기회를 주실 수 없단 말인가."

"너무 낙담하지 마십시오, 공자."

맞은편에 앉아 있던 실레반이 위로를 건넸다. 그리퍼는 한숨을 깊게 내쉬며 질문을 던졌다.

"실레반 책사님, 책사님의 눈에는 제가 이대로 주저앉아야 하는 것처럼 보이십니까?"

"음, 아직 낙담하기에는 이르다고 생각합니다."

"그렇게 보이십니까? 하지만 아버님의 마음이 정해졌으면 바꾸기 힘들 것 같습니다."

"주군은 거대한 가문을 이끄는 분입니다. 개인적인 총애가 레임 공자에게 기울더라도 명문가이자, 거대한 규모를 지니게 된 가문을 이끄는 인물을 정하는 것은 별개의 문제입니다. 오래전부터 착실히 공을 쌓아온 공자님과 레임 공자님을 비교하는 것은 무리가 있습니다."

"말씀만으로도 힘이 납니다. 감사합니다. 하지만 요즘은 조금 힘이 듭니다."

전술적인 조언을 구하기 위해 실레반을 찾은 그리퍼는 저도 모르게 근래 있었던 힘든 일을 털어놓았다.

그 이야기를 들으면서 가문 내 기류가 심상치 않게 돌아가는 것을 느낀 실레반이었다.

최근 채블린이 심상치 않은 행보를 보이고 있었다.

로운 후작가를 향한 계책은 성공적이었지만 그 이후에도 여러 가지 일에 간섭을 하면서 영향력을 넓혀나가고 있었다.

가문을 위해 그것은 긍정적인 영향이었지만 채블린 자체가 권력을 지향하는 인물이었기에 다른 노림수를 의심할 수밖에 없었다.

'아무래도 상의를 해봐야겠군.'

레임이 채블린을 자주 찾는다는 것도 의심할 만한 일이었다.

자신과 질렛은 일찍이 그리퍼를 지지해 왔던 만큼 좀 더 적극적으로 움직일 필요가 있었다.

"이 부분은……."

그리퍼는 좋지 않은 상황을 알고 있음에도 용건을 잊지 않고 조언을 구했다.

작게 고개를 끄덕인 실레반도 그의 질문에 집중하면서 말을 이어나갔다.

제8장
로즈의 마음

짹짹!

새가 지저귀는 소리와 함께 눈을 뜬 로즈는 침대에서 몸을 일으켰다. 부드럽게 피부를 어루만져 주는 따스한 햇살에 저도 모르는 사이 미소를 짓고 있었다.

"하아, 좋네."

창문 앞에 선 그녀는 눈앞에 보이는 광경에 미소를 지었다. 푸른 정원이 가꿔진 풍경은 언제 보아도 마음의 안정을 가져다주었다.

헤인조 지방으로 향하여 로운 백작가에 도착한 지 어느덧 일주일이 지났다.

그동안 로운 후작가는 벌집을 들쑤셔 놓은 것처럼 어수선한 모습을 보였다.

자연히 손님인 로즈에 대한 관심은 멀어질 수밖에 없었는데, 그녀는 개의치 않고 배정된 방에 틀어박혀 혼자만의 시간을 가졌다.

녹음이 우거진 푸른 정원을 미소 지으며 바라보던 로즈는 이대로 있기에는 날씨가 너무 좋은 것 같아 가볍게 씻은 뒤 정원으로 나갔다.

아직 봄임에도 다소 더운 날씨가 지속되고 있었다. 주변을 둘러보다가 나무 아래 그늘에 앉은 로즈는 기지개를 켜며 중얼거렸다.

"남부 지방은 따뜻하구나."

이 시기 북부 지방은 여전히 겨울의 여파가 남아 쌀쌀하곤 했다.

남부 지방에 올 일이 없었던 로즈에게 이 시기의 따뜻함은 어색하기만 했다.

나무에 등을 기대고 따뜻한 날씨를 즐기고 있던 그녀의 귓가로 익숙한 목소리가 파고들었다.

"로즈."

"아, 카롤리나. 여기는 무슨 일이야?"

고개를 드니 멀리서 다가오는 카롤리나의 모습이 눈에 들어왔다.

"가다가 네 모습이 보여서 왔지. 그동안 신경 써주지 못해서 미안해."

그동안 카롤리나는 다른 의미로 바빴는데, 조만간 티엘과 결혼식을 올리기 위해 어머니인 마리아, 동생인 실비아와 만나 친분을 다지기 바빴다.

그 사실을 잘 알고 있는 그녀였지만 자신을 버려 둔 채 혼자 돌아다닌 그녀에게 고운 말이 흘러나오지는 않았다.

"뭐 하러 왔어. 난 가만히 뒤도 혼자서 잘 노는 거 알잖아."

"그래서 사고 칠 것 같아 경고하러 온 거야."

"뭐어?"

"농담이야, 농담."

"농담인 건 알고 있었어. 그래도 그렇게 말하면 섭섭한 거 알지?"

"미안."

"……."

둘 사이에 침묵이 내려앉았다. 로즈는 노곤한 몸으로 주변을 둘러보았고, 카롤리나도 그녀의 행동을 따라다가 멈칫하면서 물었다.

"지루하지?"

"딱히 그렇지도 않아. 남부 지방으로 오는 게 처음이니까 모든 것이 신기하더라고."

"할 일을 마치면 놀아줄게. 그러니 그때까지 수고 좀 해 줘."

"난 원래 혼자서도 잘 놀거든? 그러니 걱정하지 말고 네 할 일이나 잘해. 기왕 결혼할 거면 확실하게 눈도장을 찍는 게 낫잖아."

"그, 그렇지?"

"수만 명이 먹을 곡식을 협상할 땐 꿈쩍도 하지 않더니, 너도 여자가 다 됐네."

"모르겠어. 나도 내가 이렇게 바뀔 줄은 몰랐는데. 사람 마음이라는 게 자기 뜻대로 되지 않는다는 말이 사실이었나 봐."

고개를 절레절레 저은 카롤리나가 한숨을 푹 내쉬었다. 설마하니 이런 반응까지 보일 줄 몰랐기에 로즈의 눈이 동그래졌다.

"그 정도야?"

"응."

"참 로운 후작도 능력자면 능력자다. 두 명의 아름다운 부인을 두고서 널 이렇게 홀릴 만한 매력이라니. 절대 빠져나올 수 없는 무언가가 있나."

"너는 수적 본거지를 무너뜨리던 후작님의 모습을 보고 아무런 감흥도 없었어?"

"어엉?"

"그 압도적인 무위와 적에게 베풀지 않는 단호함. 분야가 다르지만 어릴 적 내가 꿈꿔오던 완벽한 상인의 모습하고 비슷해."

눈을 반짝이는 모습은 영락없는 사랑에 빠진 소녀의 모습이었다.

아무것도 모르던 시절, 언젠가 제국 최고의 상인이 되겠다고 선언하던 모습이 떠올라 로즈는 저도 모르게 피식 웃음을 지었다.

"뭐야, 지금 내 꿈이 우습다는 거야?"

"그런 게 아니란 걸 알면서 그래. 그런데 지금 어디 가는 중 아니었어?"

"아! 실수! 난 그럼 가볼게."

"너무 무리하지 말고."

"무리하지 않아. 그럼 안녕!"

자리에서 일어난 카롤리나는 빠른 속도로 사라졌다.

"꿈이라……."

그 뒷모습을 물끄러미 바라보던 로즈는 나무에 등을 기대며 중얼거렸다.

"난 뭐가 되고 싶었지?"

부족한 것 없이 자라서 무언가 거창한 목표 같은 것을 가져 본 적이 없었다.

원하는 것은 무엇이든 구해주던 아버지가 있었으니까.

깊이 생각해 보니 아무것도 없다는 걸 느낀 로즈는 황당한 표정으로 중얼거렸다.

"생각해 보니 없네? 나도 참 인생을 한심하게 살았네."

남들은 모두 목표를 가지고 열심히 살아가는데 자신은 언제나 구경만 하고 있었다.

그것이 가져다주는 괴리감은 어느새 가슴속에서 점점 커져만 갔다.

"로운 후작……."

단신으로 요새를 무너뜨리고 배를 격침시키던 모습은 카롤리나만큼은 아니더라도 커다란 파장을 일으킬 수밖에 없었다.

제국 최강이라는 수식어는 귀가 따갑게 들어왔지만 막연히 싸움을 제일 잘하는 사람이라고 생각했을 뿐, 인간의 한계를 벗어난 신위를 보여줄 거라 생각은 못했으니까.

"멋지긴 했지. 아! 내가 무슨 소리를."

저도 모르게 중얼거리던 로즈는 깜짝 놀라며 주변을 둘러보았다.

다행히 아무도 듣는 사람은 없었다.

저도 모르게 미간을 찌푸린 로즈는 감상적이게 된 자신의 모습을 발견하고 불퉁한 표정을 지었다.

"나도 웬 청승이람. 카롤리나나 꼬셔서 도시나 구경해야겠다."

카롤리나도 달리 할 일이 없었는지 로즈의 제안에 흔쾌히 응했다. 하지만 바깥 구경을 하기 위해 예상치 못한 인물과 함께했다.

"안녕하세요, 실비아 로운이라고 해요. 역시 소문으로 듣던 만큼 아름다운 분이시네요."

"로즈 카본이라고 해요."

카롤리나가 데려 온 사람은 다름 아닌 실비아였던 것이다. 새로운 사람과 만남에 익숙지 않은 로즈는 얼떨떨한 표정을 지어야 했다.

"제가 같이 가자고 했어요. 아무래도 카롤리나도 이곳에 익숙하지 않을 것 같아서요."

"말을 놓으시네요."

"친구가 되었거든요. 그럼 가볼까요."

실비아는 부드럽게 미소를 지으면서 로즈를 이끌었다. 지극히 자연스러운 모습에 그녀도 다른 말을 하지 않고 뒤를 따랐다.

마차 안에서 여러 가지 대화를 나눌 수 있었다. 대부분은 티엘에 대한 험담이었는데, 그럴 때마다 카롤리나는 뭐가 웃긴지 쿡쿡 웃으면서 동조하는 모습을 보이고는 했다.

고개를 끄덕이며 수긍하던 로즈는 한 가지 사실을 놓치지 않고 눈을 빛냈다.

"결혼을 했군요."

"네, 괜찮은 남자다 싶어서 제가 콱 낚아챘죠. 제 덕분에 가문에서 요직을 맡고 있고요."

"실비아의 남편은 그윈 경이셔."

"아, 그 천재 기사라 불리던?"

이곳에 오기 전까지 몰랐지만 할 일 없이 빈둥거리다 보니 여러 가지 소문을 주워듣게 되었는데, 그중 하나가 바로 그윈에 관한 이야기였다.

어린 나이임에도 천재적인 재능을 드러내 헤인조 지방에서 가장 기대 받는 인물이라고 한다.

"천재는 무슨 천재예요. 매일 애같이 굴어서 나한테 얼마나 혼나는데."

"같이 살다 보면 단점이 눈에 보이게 마련이야."

"단점도 한두 가지여야지. 특히 요리는 최악이야. 그렇게 요리 못하는 남자는 한 번도 보지 못했어."

분노를 터뜨리는 실비아의 모습을 보면서 로즈는 묘한 감정을 느꼈다.

　그것은 부러움이기도 했고, 질투이기도 했다. 자신과 동갑인 실비아가 벌써 결혼하여 남편과 알콩달콩 다투면서 사는 모습을 보니 저도 모르게 결혼하고 싶다는 생각이 뇌리를 시쳤다.

　'내가 지금 무슨 생각을 하는 거야.'

　가족 없이 외동딸로 혼자 자라다 보니 부러움을 느낀 것일 수도 있었다.

　"그런데 괜찮아?"

　"아직은 적극적으로 움직여도 이상 없어."

　"그럼 다행이지만……."

　"무슨 문제라도 있나요?"

　"임신을 했거든요. 두 달이래요."

　"정말요?"

　눈을 동그랗게 뜨는 로즈. 그녀의 두 눈에 섞인 부러움을 본 실비아는 괜히 기분이 좋아짐을 느끼며 고개를 끄덕여 보였다.

　"네, 그이는 내가 좋아서 놓아주질 않으니, 어머! 죄송, 괜한 말을 했네요."

　"그, 그러게요."

무슨 말인지 알아차린 로즈의 얼굴이 홍당무처럼 달아올랐다.

분위기를 전환하기 위해 카롤리나가 화제를 바꾸었다.

"그나저나 영지가 많이 발전한 것 같아."

"인구가 늘어나면서 도시 규모가 급격하게 성장하고 있어. 각지의 사람들이 몰려오면서 문화가 충돌하고 사건 사고도 끊이지 않지만 오라버니가 영지민을 착취할 생각이 없다 보니 살기 좋다고 소문이 났거든."

"그런 것 같아. 사람이 모이면 돈도 모이는데 사업 제안을 고려해 봐야 할까……."

"한가족이 될 텐데 그런 건 거리낌 없이 말해버려. 오라버니는 계산적인 사람을 싫어하는 게 아니라 자신을 속이는 사람을 싫어하니까."

"그럴까?"

"괜찮대도. 오라버니의 하나뿐인 여동생인 내가 장담하니까 믿어도 좋아."

둘은 쑥덕거리면서 뭐가 즐거운지 연신 웃음이 떠나지 않았다.

그 모습을 보면서 부럽기도 하고, 한편으로는 자신이 끼지 못하는 것 같아 은근한 짜증을 느꼈다.

셋은 액세서리 숍도 가고, 디자인 숍도 가면서 갖가지 물건을 구입하고 품평을 하였다.

북부와 전혀 다른 양식의 액세서리를 보면서 로즈는 자신이 느낀 감정의 파동을 잊어버린 채 분주히 물건을 쓸어 담기 바빴다.

액세서리를 싹쓸이하다시피 하는 모습을 보며 실비아와 카롤리나는 저도 모르게 실소를 흘렸다.

"왜?"

"아니, 아무것도 아니야."

"실없긴."

할 일이 있었기에 자신을 의아하게 바라보는 시선을 물리치고 일에 집중하는 그녀였다.

죽이 잘 맞는 세 여인은 이리저리 몰려다니면서 수다의 꽃을 피웠고, 어느샌가 실비아와 로즈는 말을 놓고 농담을 주고받는 사이가 되었다.

점심시간이 지나고 밤이 되자, 저녁 식사를 위해 움직이던 마차 안에서 실비아가 돌연 깜짝 놀란 모습을 보였다.

"아!"

"왜?"

"그러고 보니 오늘 오라버니랑 같이 식사를 하기로 했는데 잊어버렸어."

저녁 식사 약속을 잊어버린 실비아를 황당한 시선으로 바라보는 두 여인.

카롤리나가 고개를 저으면서 그녀를 타박했다.

"그런 걸 잊어버리면 어떡해."

"아, 몰라! 나도 오랜만에 쇼핑을 하다 보니 깜빡했어. 이대로는 좀 그러니 너희도 같이 가자."

"우리도?"

"응, 가족회의를 하는 것도 아니고 오라버니가 오랜만에 와서 마련한 자리니까. 부담 갖지 말고 같이 식사하자. 로즈는 아직 어머니한테 인사도 안 드렸잖아."

"그, 그렇긴 하지."

실비아의 어머니란 말에 로즈는 저도 모르게 가슴이 두근거리는 것을 느꼈다.

그녀의 어머니란 뜻은 티엘의 어머니란 의미도 되었다. 어린 시절 어머니를 잃었던 만큼 친구의 어머니를 뵌다는 사실이 거센 두근거림으로 다가왔다.

"부담 갖지 않아도 돼, 어머니가 성격은 좋은 편이거든."

"그래. 걱정하지 마, 로즈."

"으응."

지나치게 경직된 로즈를 보고 실비아와 카롤리나는 서로를 바라보며 어깨를 으쓱했다.

그렇게 마차는 가문으로 돌아갔고, 카롤리나와 로즈는 저녁 식사 자리에 참여하게 되었다.

마리아를 본 그녀는 긴장감을 감추지 못하고 자기소개를
하였다.

"로, 로즈 카본이라고 합니다."

"어서 와요, 로즈 양. 여기 카롤리나가 친구를 데려왔다고
해서 궁금했었어요. 부담 갖지 말고 맛있게 식사를 하도록 하
세요."

"네."

부드럽게 미소 짓는 마리아를 보며 로즈는 자리에 앉았다.
그리고 티엘이 자리에 앉는 것을 보고는 조용히 식사에 열중
하기 시작했다.

고개를 푹 숙인 로즈를 바라보던 마리아가 의아한 표정으
로 물었다.

"로즈 양은 원래 조용한 편인가요?"

"그렇지는 않아요. 저와 곧잘 수다를 떠는 편인데……."

카롤리나도 지나치게 경직된 로즈를 보며 황당한 표정을
지었다.

늘 자신감에 넘치고 제멋대로인 로즈답지 않은 모습의 연
속이었다.

"자리가 익숙하지 않아서요. 불편하셨다면 죄송합니다."

"불편하지는 않아요. 다만 우리 실비아와도 친구라고 하니

좀 더 편하게 대했으면 좋겠네요."

"노력할게요."

"그래요."

자상하게 미소 짓는 모습을 보면서 로즈는 마음 한구석이 따뜻해지는 기분이었다.

어린 시절 자신에게 어머니가 계셨다면 이런 감정을 느낄 수 있었을까. 생각에 빠져보지만 흐릿한 잔상마저 없는 어머니의 손길은 상상으로 채워 넣기에도 어려웠다.

상념에서 벗어난 로즈의 눈에 들어온 것은 마리아에게 와인을 건네는 카롤리나의 모습이었다.

"어머니, 이것 좀 드셔보세요. 제가 구해온 와인이에요."

"이 와인은⋯⋯."

"제가 힘 좀 썼어요."

"고맙다, 우리 아기."

"호호! 한 잔 받으세요."

마리아의 호칭에 기분 좋은 미소를 짓는 카롤리나였다. 문득 로즈는 저 사이에 자신이 낄 수 없다는 사실이 분하게 느껴졌다.

그렇게 기이한 감정이 교차하는 식사 자리가 끝나고, 실비아는 식당을 나서는 로즈에게 다가가 사과했다.

"미안, 익숙하지 않았지?"

"아니야, 좋았어."

"그럼 다행이고. 괜히 약속을 까먹었다가 데려가서 미안해."

"괜찮다니깐."

"이해해 줘서 고마워."

"오히려 가족끼리 먹는 모습을 보니까 좋았어."

그것은 진심이었다. 제국 최강의 무위를 떨치며 적을 파괴하던 티엘도 식사 자리에서는 한 어머니의 아들이었고, 여동생의 오라버니였다.

로즈의 입에서 그런 말이 나올 줄 몰랐던 실비아가 눈을 동그랗게 떴다.

"정말?"

"응."

"그럼 종종 초대할게."

빈말이었다. 하지만 마리아가 보여주었던 자상한 미소가 그녀의 마음에 걸렸다.

받아들이는 것도 염치없다는 것을 알고 있었지만 로즈는 고개를 끄덕였다.

"…기다릴게."

"으응."

처음에는 당혹스러운 표정을 지었지만 이내 로즈가 즐거

위했다는 것을 알아차리고는 실비아의 입가에 미소가 그려졌다.

방으로 돌아온 로즈는 곧장 침대에 몸을 묻었다.

평소라면 소화가 될 때까지 침대에 눕지 않는 것이 철칙이었지만 오늘따라 복잡하게 뒤엉키는 감정선은 그녀를 혼란스럽게 만들었다.

"하아, 내가 왜 이러는 걸까."

한참 동안 베개에 얼굴을 묻고 있던 그녀는 이내 잠에 빠져들었다.

그윈은 갑작스러운 티엘의 호출에 잔뜩 긴장한 표정을 지었다.

자신에게 있어 목숨을 바쳐 수호해야 할 주군이었지만 그를 볼 때면 지난날 자신이 당해온 무수히 많은 사건이 주마등처럼 스쳐 지나가고는 했다.

실력을 늘려야 한다는 말을 하며 죽음 직전까지 몰아넣는 과격한 수련 방식은 가슴 깊숙한 곳에 두려움의 씨앗을 심어주었다.

"실비아가 임신했더군, 축하한다."

"가, 감사합니다, 주군."

"이제 어엿한 한 아이의 아버지가 되는 건가."

"하하."

의도를 알 수 없는 그의 말에 그윈은 눈을 굴리면서 어색하게 웃었다.

"따라오도록."

앞장 서는 티엘의 뒤를 엉거주춤 따라가던 그윈은 그곳이 연무장임을 눈치채고 표정이 기이하게 바뀌었다.

"그윈."

"예, 주군!"

"마블론은 오 년 안에 절대강자의 반열에 올라서게 될 것이다."

"……!"

예상을 뛰어넘는 말에 그윈의 얼굴에 경악이 번져 나갔다. 절대강자는 대륙에 채 열 명도 되지 않는 지고한 경지의 검사에게 주어지는 최고의 명예였다.

"마블론은 내게 속아 가문에 충성을 맹세하게 되었지. 사랑하는 여인을 잃고 술로 살아가던 마블론에게 남은 것은 나와의 계약 관계가 전부다. 내게 충성심보다 마음의 빚이 더 크게 남아 있지."

"…예."

무슨 말을 하려고 하기에 마블론의 성취와 그의 충성심을 거론하는 것일까.

쉬지 않고 머리를 굴렸지만 티엘의 생각을 알아차리는 것은 불가능했다.

"렉스터 남작은 최고의 충신이다. 그의 충성심은 의심할 필요가 없고, 가문을 수호하는 검으로써 손색이 없다고 생각한다."

"단장님은 최고의 충신입니다."

렉스터 남작에게 존경심을 가지고 있는 그윈이었기에 순순히 수긍했다.

"그럼 너는 어떻지?"

"예?"

"마블론도, 렉스터 남작도 그렇게 평가했고, 그다음은 네게 물었다, 그윈."

"저, 저는……."

의표를 찔린 그윈은 무슨 말을 해야 할지 몰라 머릿속이 뒤죽박죽이 되는 것을 느꼈다.

티엘이 무슨 의도로 자신에게 이런 물음을 던진 것인지, 어떤 대답을 바라는 것인지 결정을 내리지 못하고 아무 말도 하지 못했다.

"넌 불같은 성격을 지니고 있고, 인내심이 부족하지. 검을 받아들이는 깨달음도 늦어 육체적인 각인을 시켜야 하고, 다른 사람의 등쌀을 견뎌내지도 못한다."

움찔움찔.

거침없이 의표를 찌르는 말에 그윈이 할 수 있는 말은 아무것도 없었다.

한편으로는 부아가 치밀기도 했다.

앞서 말한 것들이 사실이어도 가문을 향한 충성심만큼은 진짜였다.

"또 이런 말을 들으면 수긍하면서 분노하지."

"……!"

"사람이라면 당연히 느끼는 감정이다."

놀란 그윈의 반응을 태연하게 넘긴 티엘이 말을 이어나갔다.

"하지만 한 번 굳힌 결심은 뒤집는 경우가 없고, 외부의 유혹에도 흔들리지 않는 강한 마음을 지니고 있다. 그리고 그것을 이어나가는 지속성이 존재한다."

"감사합니다."

고개를 숙이며 예를 취하는 그윈을 향해 티엘의 말이 이어졌다.

"그윈, 나는 네가 가문을 수호하는 검이 되어주기를 원한다."

"…제가 말입니까?"

한참의 침묵 끝에 흘러나온 말이었다.

이렇게 진지하게 대하는 티엘의 모습이 처음이어서 어색했고, 자신에게 가문을 수호하는 검이 되어달라는 것도 예상 밖이었다.

"넌 클레디오 백작만큼 강해질 수 있는 자질을 품고 있다."

"과찬이십니다."

한때 제국 최강이었던 클레디오 백작만큼 강해질 수 있다는 것은 그원에게 있어 꿈같은 일이었다. 손을 저으면서 겸양의 말을 하던 그는 티엘의 쏘아붙이는 말에 벙어리가 되어버렸다.

"내 눈을 의심하는 거냐?"

"아, 아닙니다."

인정하자니 자신을 과찬하는 격이 되고, 부인하자니 티엘의 눈을 의심하는 꼴이 된다.

그러면서 한편으로는 자신에게 그만한 재능이 있는가 되물어보게 되었다.

비록 눈앞의 괴물 때문에 동급의 반열에 머물렀지만 클레디오 백작은 혼자서도 전황을 뒤바꿔 버렸던 괴물이었다.

'내가 그만큼 강해질 수 있다고?'

현실감이 없어 얼떨떨했지만 한편으로는 뜨거운 열기가 뱃속을 타고 번져 나갔다.

"내가 이 말을 하는 이유는 가문이 안정되었을 때 언제든지 떠날 수 있기 때문이다."

"그런 말씀 마십시오!"

"네게는 가정이 있고, 이곳에 지켜야 할 것들이 있다. 나도 마찬가지지만 너와 나는 다르다. 그윈, 너는 가문을 지키는 검이 되어야 한다."

한쪽 무릎을 꿇고 예를 취한 그윈이 티엘을 향해 말했다.

"주군이 떠난다는 말은 받아들이기 힘듭니다. 하지만 주군의 뜻을 꺾는 것은 기사가 되어 할 수 없는 일, 제게 갈 길을 일러주십시오."

"좋다."

과거로 돌아오기 전 그윈은 절대강자에 반열에 올라섰던 최강의 기사 중 한 사람이었다.

끝까지 가문을 위해 충성을 바쳤던 그를 기억하기에 티엘은 미래를 믿고 맡길 인물로 그를 선택했다.

"기대에 부응하겠습니다."

"좋다."

충심이 담긴 그의 말에 티엘은 미소를 지었다.

그것은 지옥의 시작이었다.

티엘을 만나고 검의 끝은 아직 멀었다는 것을 느낀 클레디오 백작은 연일 영지에 틀어박혀 수련에 매진하는 것이 하루

일과의 전부였다.

영지의 일은 모두 넘겨두었는데, 애당초 영지의 운영에는 관심이 없었다.

더 높은 경지를 엿본 것만으로 클레디오 백작은 기존의 한계를 깨버리고 나아갈 수 있게 되었다. 그리고 그 경지에 도달하고 나서야 블랙 드래곤 하트가 무엇인지 알게 되었다.

─나의 힘을 받아들여라.

─너는 더 강해질 수 있다.

─나는 너고 너는 나다.

끊임없이 귓가에 울려 퍼지는 매혹적인 목소리.

남성도 여성도 아닌 가느다란 목소리가 귓가에 울려 퍼질 때마다 클레디오 백작은 정신이 아득해지면서 격렬한 충동에 시달려야 했다.

더 강한 힘.

여태까지 자신이 취해온 모든 것이고, 앞으로도 취해야 할 것이다.

그럴 때마다 귓가에 울려 퍼지는 것은 티엘이 했던 말이었다.

블랙 드래곤은 너와 내가 곧 하나라고 하지만 결국 자신은 그에게 집어삼켜져서 노예로 전락할 뿐이다.

─강한 의지는 내게 더 큰 양분이 되니…….

클레디오 백작의 강건한 의지는 블랙 드래곤에게 더 큰 힘의 원천이 될 뿐, 실망의 대상이 되지 않았다.

충동과의 사투.

누구도 접근하지 않는 거처에서 블랙 드래곤과 하루 종일 겨뤄야 한다는 사실은 가슴 떨리면서 한편으로는 피하고 싶은 절대적인 존재였다.

수련을 하고, 몸이 힘들어지면 어김없이 블랙 드래곤이 속삭인다.

더 이상 수련하지 않아도 강해질 수 있다고. 육체를 혹사하지 말고, 드래곤 하트의 있는 그대로를 받아들이면 강해질 수 있다고 한다.

육체보다 정신적인 소모가 심해지면서 날이 갈수록 말라 갔지만 두 눈만큼은 형형하게 빛나고 있었다.

정신이 곤두서면서 감각이 날카롭게 벼려지고, 한계를 향한 걸음은 거침이 없었다.

"손님이군……."

저택 너머 먼 곳에 느껴지는 두 명의 기척에 클레디오 백작은 자리에서 일어났다.

전과 비교도 할 수 없는 마른 몸이었지만 내부에 들끓는 힘은 전보다 월등이 강해져 있었다.

파앗!

가볍게 땅을 박찬 신형이 허공을 격하고 단숨에 저택을 넘어섰다. 그리고 시가지를 가로지른 뒤, 성벽을 넘어 광활하게 펼쳐져 있는 평야로 향했다.

클레디오 백작의 시선에 익숙한 한 사람의 모습이 맺혔다.

언제나 히드로 2세를 곁에서 보좌하던 근위기사단장이었다.

"하브리스 공작."

"클레디오 백작⋯⋯!"

갑작스러운 육성에 반응한 하브리스 공작이 낮게 가라앉은 눈동자로 클레디오 백작을 바라보았다.

전과 다르게 마른 그의 몸에서 제국 최강의 위엄은 어디에도 느껴지지 않았다.

하지만 그와 별개로 그를 중심으로 강렬한 힘의 파장이 일어나고 있다는 것이 느껴졌다.

카본 대공도 심상치 않은 기류를 느끼고는 앞으로 나섰다.

"네놈이 클레디오 백작이군."

"누구지?"

"카본 대공이다."

"카본 대공?"

들어본 적 있는 이름이지만 안중에도 없던 인물이었다. 그에 대해 모르는 클레디오 백작이 의아한 표정을 지어 보이자,

카본 대공의 눈이 날카로워졌다.

"모르고 있나, 흐흐. 상관없다, 내 식으로 해결하면 되는 문제니까. 요즘 젊은 녀석들은 하나같이 예의를 말아먹은 모습을 보이는군."

"……."

"그나저나 왜 이렇게 괴물들이 많은 거냐, 제기랄. 제국의 저력이 대단하지만 이 녀석이나, 저 녀석이나."

마른 몸과 달리 품고 있는 기세는 진짜였다.

살 떨리게 만드는 날 선 기운은 몸에 전율이 일게 만들 정도로 강렬했다.

카본 대공은 클레디오 백작을 위아래로 훑어보면서 주먹을 움켜쥐었다.

여차하면 당장 달려들 기세였다.

"무슨 용건이지?"

"간단하다, 네놈의 충성심을 확인하고자 찾아왔다."

"충성심?"

"네놈은 제국의 신하가 되어 황제 폐하에게 어떤 마음을 품고 있지?"

"없다."

"뭐라?"

"본신의 강함을 찾아볼 수 없는 황제는 안중에도 없다. 당연한 사실 아닌가?"

이미 히드로 2세 앞에서 그런 말을 했기에 하브리스 공작은 아무런 반응도 보이지 않았지만 카본 대공의 눈은 차갑게 가라앉아 있었다.

"폐하의 존재를 단순히 육체적인 강함으로 판단하는 것인가? 네놈은 로운 후작 녀석보다 더 질이 나쁘군."

"그런가."

"그것으로 네놈의 운명이 정해졌다."

"운명?"

"폐하에게 반역을 저지른 죄, 사형이다."

"재미있군."

티엘을 만난 뒤 수련에 매진하면서 자신이 얼마나 더 강해졌는지 알지 못했다.

하지만 한 가지 사실만큼은 분명했다.

자신은 이전과 비교할 수 없을 정도로 강해졌다.

카본 대공이 한 걸음 앞으로 나서자 하브리스 공작이 그를 말렸다.

"혼자는 힘들다."

"내가 해결하겠다."

"클레디오 백작은 강하다. 방심하지 마라."

"그러지."

그 말과 함께 앞으로 나선 카본 대공의 시선이 클레디오 백작에게 고정되었다.

"주제도 모르고 세상을 내려다보는 녀석에게는 교육이 필요하지."

"기대하지."

파직! 파지직!

카본 대공은 처음부터 전력을 다했다. 그의 전신이 금빛 뇌전으로 화하기 시작하더니, 이내 한 줄기 섬광이 클레디오 백작을 덮쳐 나갔다.

콰과광!

가볍게 휘두른 검에서 뿜어진 푸른 오러가 뇌전과 얽히다가 그대로 소멸했다. 강맹한 기세를 그대로 품은 뇌전이 눈앞에 도달하자, 검을 휘둘러 제거했다.

"제법."

처음부터 전력을 다한 카본 대공의 움직임은 한 줄기 금빛 뇌전과 같았다.

단순하지만 빠르고 강맹한 공격은 공간을 가르며 짓쳐들었고, 그때마다 클레디오 백작은 검을 휘둘렀지만 의지를 가진 금빛 뇌전은 자유자재로 방향을 전환했다.

꽝! 꽈광! 꽈르릉!

공방의 속도가 점점 빨라짐에 따라 주변 일대가 폭음으로

뒤덮이기 시작했다. 강력한 힘이 연신 충돌하고 있었지만 누구도 서로에게 타격을 주지 못했다.

클레디오 백작이 티엘의 검을 보고 얻은 깨달음 중 하나가 공간을 타고 가해지는 공격이었다.

손이라는 제약을 뛰어넘어 의지와 검이 하나로 얽히면 더 이상 검을 손에 쥐지 않아도 자유롭게 검술을 펼치는 것이 가능해졌다.

그것은 육안으로 쫓기 힘든 카본 대공의 빠른 움직임마저 갈라 버렸다.

슈각!

허공을 가른 검에 카본 대공의 오른팔을 잘라냈다.

움직임이 멈춘 그 순간, 한 차례 더 움직인 검은 왼팔마저 잘라냈다.

"싱겁군."

자리에 우두커니 선 카본 대공은 클레디오 백작을 빤히 바라보고 있었다. 두 팔이 잘렸음에도 그의 입가에는 진한 미소가 걸린 상태였다.

"흐흐흐, 제법이군. 정말 제법이야."

"……."

감각을 타고 전해지는 위화감이 느껴졌다. 자세히 살펴보니 잘려 나간 부위에서 피가 흘러내리지 않는 것을 확인할 수 있었다. 순식간에 지혈을 한 것인가? 하지만 양팔이 잘린 상태라면 사실상 무력화된 것이나 다를 바 없었다. 클레디오 백작은 여전히 자신감을 보이는 카본 대공의 태도를 이해할 수 없었다.

그때였다.

파직! 파지직!

바닥에 널브러진 두 팔이 금빛으로 물들더니 이내 잘게 쪼개지면서 흩어지기 시작했다.

그리고 한 줄기 뇌전이 되어 잘린 부분으로 향했다. 놀랍게도 잘려 나갔던 두 팔이 재생되면서 본래 형태로 돌아왔다.

"정령화라는 것이다."

"정령화……."

어떤 방법으로 이루어진 수법인지 알 수 없었지만 기이한 광경임은 분명했다.

클레디오 백작을 바라보는 카본 대공의 두 눈이 금빛으로 물들었다.

"이제 내 차례다."

콰콰콰콰!

강렬한 기세가 폭풍처럼 휘몰아치면서 뇌전으로 화한 카본 대공의 신형이 덮쳐들었다.

제9장
바뀌어가는 판도

카본 대공이 정령화라 칭한 것은 굉장히 까다로웠다.

공격이 적중할 때면 어김없이 금빛 뇌전으로 바뀌면서 흩어지고 본래 형태로 돌아왔다.

그러면서 재차 공격을 감행하는데, 집중력을 유지한 클레디오 백작도 어렵지 않게 받아내고는 했다.

창과 방패의 대결.

어느 누구에게도 치명상을 입히지 못한 채 지지부진한 대결이 이어졌다.

"네놈……."

수백 번의 충돌이 벌어졌음에도 상대에게 타격을 주지 못하자 카본 대공의 얼굴이 붉게 달아올랐다.

최강의 비기를 바탕으로 전력을 발휘했지만 우위를 점하지 못했다. 그것은 제국의 숨은 검을 자부하던 그에게 있어 치명적으로 작용했다.

"……."

약 한 시간여 동안 수백 번의 공방을 주고받았지만 클레디오 백작은 여전히 평온함을 유지했다.

'귀찮군.'

상대의 수법이 무엇인지 알 수 없었기에 답답한 감정까지 섞여 있었다.

카본 대공은 제법 강했지만 어디까지나 그것뿐이었다.

절대강자의 반열에 올라선 인물이라 평가할 수 있지만 그 강함은 정령화라는 것에 기대어 있을 뿐, 전체적인 전력의 우위는 자신이 점하고 있었다.

만약 저것을 공략할 방법만 안다면 제압하는 것은 순식간일 터였다.

지켜보던 하브리스 공작이 앞으로 나섰다. 이대로 무의미한 대결이 이어지면 힘의 소모가 더 큰 카본 대공에게 불리하게 돌아갈 것이다.

"쉽지 않다고 했다."

"지금 날 우롱하는 거냐?"

분노를 터뜨리는 그였지만 하브리스 공작의 표정은 차갑게 가라앉아 있었다.

"상대는 제국 최강의 기사다. 혼자 나서서 아무런 소득을 거두지 못한 네가 할 말이 아니다."

"큭!"

"근위기사단장을 그만둔 뒤로 내게 지켜야 할 원칙은 사라졌다. 돕도록 하지."

"별수 없군."

마음에 들지 않는 기색이 역력했지만 클레디오 백작의 실력 하나만큼은 진짜였다. 이대로 대결이 이어지면 불리한 것은 자신이라 생각한 카본 대공은 분노를 드러냈을지언정 하브리스 공작을 물리지 않았다.

"합공하게 되어 미안하네."

"좀 더 스릴이 있어지겠군."

"그 기대감, 충족시키지."

파앗!

하브리스 공작의 손을 떠난 검이 푸른 불꽃에 휩싸이면서 단숨에 공간을 가르고 클레디오 백작의 미간을 노리며 날아들었다. 의지와 검이 하나로 이어진 오러 파이어가 전력으로 펼쳐진 것이다.

그와 동시에 뇌전으로 화한 카본 대공의 공격이 좌우를 점
했다.

동시에 세 개의 공격을 받아내게 된 클레디오 백작이 두 손
으로 검을 움켜쥐면서 위에서 아래로 힘차게 검을 그었다.

단순한 동작이었지만 의지와 전력을 다한 마나가 합쳐지
는 순간, 공간에 균열이 발생했다.

키이잉!

실금이 간 공간 너머로 오러가 나선형으로 휘몰아치면서
세 개의 공격을 모두 받아냈다.

꽈과과과광!

검을 타고 전해지는 묵직한 충격에 하브리스 공작은 신음
을 흘리면서 클레디오 백작을 바라보았다.

"전력을 다한 게 아니었군."

"스스로 내 전력을 끌어낼 실력이라 생각했나?"

"으음."

불편한 신음을 흘리면서 공격을 전개했다.

단 한 수였지만 클레디오 백작의 실력은 두 사람이 힘을 합
쳐도 압도하지 못할 만큼 대단했다. 하브리스 공작은 오러 파
이어를 적극 전개하여 카본 대공이 공간을 자유롭게 사용할
수 있게 하였다.

의지가 실린 오러 파이어는 클레디오 백작도 경시할 수 있

는 수준이 아니었기에 검격 하나하나에 전력을 기울여야 했다.

하지만 그것과 별개로 전력을 발휘하게 되어 기쁜 감정이 전신을 지배하고 있었다.

파직! 꽈광!

어느 정도 정령력의 비밀을 알아차린 클레디오 백작은 카본 대공이 활개 칠 수 있는 여지를 잘라 나가기 시작했다. 자유롭게 공간을 이동하면서 맹공을 퍼붓던 카본 대공은 이렇다 할 충격을 주지 못한 채 물러나는 것이 고작이었다.

"으음."

치열한 공방이 벌어졌지만 완벽한 공방일체의 연속이었다.

철저하게 거리를 둔 하브리스 공작과 카본 대공은 어떤 타격도 입지 않았고, 클레디오 백작도 흐트러지지 않고 공격을 버텨내고 있었다.

"끝이 나지 않겠군."

"요즘 녀석들은 정말 대단하군."

이쯤 되면 카본 대공도 인정할 수밖에 없었다.

클레디오 백작은 로운 후작만큼이나 괴물에 속하는 녀석이라는 것을.

가진 모든 힘을 쏟아부었지만 어떠한 타격도 주지 못했다.

이대로 체력전이 되면 승부가 갈리겠지만 무리하게 클레디오 백작을 죽이면서 자신들의 목숨을 걸 생각은 추호도 없었다.

"네놈, 한 가지만 묻자."

"말해라."

"네놈은 권력을 어떻게 생각하지?"

"인간의 추악한 면을 들춰내는 욕망 덩어리라고 해두지."

잠시도 망설이지 않은 클레디오 백작의 대답이었다. 자신의 양부를 자처하던 리그디스 공작도 권력에 취한 추악한 인간이었고, 지금 황도에서 매일 정쟁을 벌이는 녀석들도 그 범주에서 벗어나지 못했다.

표정을 굳힌 카본 대공이 물었다.

"그럼 네놈은 그 권력을 왜 저버린 것이냐?"

"나와 상관없으니까."

"그 말은 권력이 필요 없다는 뜻으로 여겨도 되나?"

"권력에 관심이 있다면 이 시골에 틀어박힐 이유가 있나?"

"그렇군, 크흐흐!"

반박할 여지가 없는 말에 카본 대공은 고개를 끄덕이며 조소를 흘렸다.

이대로 승패를 장담할 수 없으니 확답을 받아놓는 것이 좋았다.

"대결이 끝날 것 같지 않으니 우리는 물러나려고 한다."

"그러도록."

아무 타격도 받지 않았지만 절대강자 둘의 협공을 받아내느라 정신은 상당히 지쳐 있었다. 그것이 겉으로 드러나지 않았기에 눈치챈 이는 아무도 없었다.

"가자."

몸을 돌려 멀리 사라진 카본 대공과 달리 하브리스 공작은 자리에 서서 클레디오 백작을 바라보았다.

"나와 카본 대공의 개입으로 제국은 새로운 변화가 일어날 걸세. 그 변화에 순응하여 제국을 영광으로 이끌어주었으면 좋겠군."

그 말을 끝으로 하브리스 공작도 몸을 돌려 사라졌다.

"더 큰 힘이 필요해."

절대강자 둘이라고 하지만 압도하지 못한 채 물러나는 것을 지켜보아야만 했다. 그것만으로도 대단한 성취였지만 자신을 죽이려고 왔던 이들을 돌려보냈다는 사실 하나만으로 클레디오 백작의 자존심 깊숙한 곳에 상처를 입혔다.

―그 힘, 내가 줄 수 있다. 나를 받아들여라.

"……."

―나는 너다. 네가 걱정하는 일은 일어나지 않을 것이다.

"장담할 수 있나?"

―물론이다. 드래곤은 결코 거짓을 말하지 않지. 나는 너

에게 힘을, 너는 내게 보고 느낄 수 있게 만들어주면 된다.

"그리 구미가 당기지 않는군."

그 말을 끝으로 클레디오 백작도 몸을 돌려 자리를 벗어났다.

하지만 그의 깊숙한 곳에 기생하고 있는 드래곤의 정신은 방금 전 두 가지 감정이 머릿속에 교차했다는 것을 알 수 있었다.

—조금씩 넘어오기 시작했군, 멀지 않았다. 크크큭!

티엘은 갑작스러운 켄드의 면담 요청을 수락했다. 그는 고개를 숙이면서 자신의 죄를 청했다.

"이번 일은 제 책임입니다, 벌해주십시오."

"왜지?"

"사실 윈스터 후작가에서 어떤 방식으로 견제가 들어올 거라는 말이 나왔습니다. 하지만 그 말을 받아들이지 않은 것이 저입니다."

"그랬군."

"당시에는 윈스터 후작가가 본가를 견제할 거라 생각지 않았습니다. 하지만 그 모든 것이 제 판단 착오였으니 책임지는 것은 당연합니다. 저 하나를 벌하여 모든 것을 덮어주십시오."

로운 후작가에서 군사부의 존재감은 굉장히 특이했다. 다른 곳도 군권에 있어 강력한 영향력을 발휘하지만 로운 후작가에서는 그 이상의 힘을 지니고 있다.

가문의 내부 일은 가스론 자작을 비롯한 가신단이 이끌어나가지만 그보다 더 높은 사안을 단번에 처리할 수 있는 것이 바로 군사부였다.

그리고 그 군사부를 이끄는 것이 바로 켄드였다.

"잘못된 걸 덮으라는 건가."

"아닙니다. 다른 책사들의 역량은 이미 의심할 여지가 없습니다. 단지 제가 그들을 이끌면서 수준을 절감했을 뿐입니다."

"그것뿐만이 아닌 것 같군."

가신들의 횡령 사건은 이미 관련자들 대부분이 체포되면서 일단락되고 있었다.

조금씩 사람들의 관심에서 잊혀지고 있을 때 찾아온 것은 이면에 다른 이유가 포함되어 있을 확률이 높았다.

켄드는 입가에 옅은 미소를 지으며 고개를 끄덕여 보였다.

"그렇습니다. 실은 이제 그만 쉬고자 합니다."

"가문을 위해 종사하겠다고 할 때는 언제고 멋대로 쉬겠다는 거지?"

티엘의 음성이 낮게 가라앉았다. 주변 온도가 일시에 내려간 것처럼 강렬하여 켄드는 저도 모르게 몸을 가늘게 떨었다.

하지만 두 눈에 서린 결심은 사라지지 않았다.

"더 이상 제가 할 일이 없기 때문입니다."

"자세히 말하도록."

"주군께서는 저에게 군사부에서 의견을 취합하라고 하셨습니다. 천재인 에조 남작이나 슈마커 남작 모두 대단했고, 그들의 의견을 추려서 중간을 유지한다는 것은 제게 굉장한 일이었습니다. 하지만 클리멘트 남작이 오는 순간, 제가 얼마나 어리석은 판단을 했는지 깨달았습니다."

"그 어리석음이 뭔지 말해서 나를 설득해라."

"클리멘트 남작은 은연중 두 책사의 균형점을 잡고, 오히려 더 나은 대안을 제시했습니다. 주군께서는 제가 책사들의 의견을 잘 잡아줄 수 있다고 하셨지만 클리멘트 남작은 그 이상이었습니다. 그제야 저는 깨닫게 되었습니다. 그동안 모든 일이 잘 풀렸던 것은 제가 균형을 잘 잡았던 것이 아니라 두 천재 책사의 계책에 그만큼 대단했기 때문이라는 것을. 그리고 더 이상 제 역량이 가문에 도움되지 않는다고 느꼈습니다."

"……"

입을 다문 티엘은 아무 말도 하지 않았다. 켄드를 바라보는 그의 눈동자에는 복잡함이 서려 있었다.

재능을 알아보고 가문으로 데려온 것은 자신이었다. 나이가 많아 주변의 우려가 있었지만 훌륭하게 자신의 임무를 수행했고, 가문을 나은 길로 이끌었다.

그런 그가 역량의 한계를 느끼고 은퇴를 하겠다고 한다. 티엘 입장에서는 마음이 복잡했지만 굳게 결심한 그를 말린다한들 일을 할 때 의욕을 가질 것처럼 느껴지지 않았다.

"받아들인다."

"감사합니다, 주군."

"하지만 완전히 그만두는 것은 인정하지 않겠다. 앞으로 가신단에 합류하여 가스론 자작과 함께 가신들의 행태를 살피도록."

"예?"

"군사부에서 역량의 한계를 느꼈다면 다른 일을 하면 되겠지. 가스론 자작 혼자서 가신단을 관리하는 데 한계를 느끼고 있으니 그를 보좌하면 된다. 싫으면 군사부에 머물면 된다."

"…아닙니다, 주군의 명을 따르겠습니다."

다를 것 하나 없는 제안이었지만 그 속에 서린 배려를 읽은 켄드는 고개를 숙이면서 티엘에게 감사의 마음을 표했다.

홀로 남은 티엘은 고개를 절레절레 저었다.

"세상 일이 쉬운 게 없군."

검을 수련하는 것보다 더 복잡한 것이 세상사였다. 사람의 마음을 파악하고 뜻대로 움직이는 것은 굉장히 어려운 일이었다.

가문이 안정되고 번영을 구가하고 있지만 이전의 사건처럼 이익에 편승하여 어떻게든 덕을 보려고 하는 자들은 생겨나게 마련이다.

가신단의 일을 마무리 지은 티엘은 새로 대두된 문제를 보며 미간에 주름을 잡았다.

영지까지 기어이 쫓아온 카롤리나가 마리아를 설득해 낸 것이다.

"결혼식이라."

맞선을 보고 결혼을 약속한 만큼 결혼을 하기로 했지만 카롤리나는 결혼식을 올리고 싶어 했다. 그녀에게는 한 번 하는 결혼인 만큼 다른 사람의 시선을 의식하는 것은 당연한 일이었다.

하지만 티엘의 입장에서 다른 사람의 구경거리가 된다는 것은 결코 달가운 일이 아니었다. 마음 같아서는 거절하고 싶었지만 그것이 쉽게 될 만큼 세상 돌아가는 것은 만만치 않았다.

"약속을 했으니 지켜야겠지."

싫더라도 큰 기대를 걸고 있는 만큼 부인이 될 여인의 바람을 들어주는 것이 옳다고 여겨졌다.

티엘이 그렇게 마음을 먹을 무렵, 밖에서 요란한 소리와 함께 안으로 들어오는 사람이 있었다.

바로 실비아였다.

"오라버니! 오라버니! 헉헉!"

"임신했다면서 그렇게 뛰어다녀도 되나."

결혼을 하고 임신을 했음에도 방정맞은 여동생의 모습에 티엘은 눈살을 찌푸렸다. 제 딴에는 정숙한 귀부인을 흉내 내지만 그에게 있어서는 여전히 말괄량이 동생 그 자체였다.

"지금 그게 중요한 게 아니야! 크, 크레티아가!"

"크레티아에게 무슨 일이 있나?"

"있고말고! 크레티아가 임신을 했대!"

"뭐?"

"임신이라고, 임신! 그것도 나랑 같은 삼 개월!"

"······."

충격적인 소식에 티엘은 잠시 아무 말도 하지 못했다. 인간의 경지를 초월한 초인적인 정신력도 예상치 못한 임신 소식은 정신을 멍하게 만들기 충분했다.

"거짓말은 아니고?"

"이제 보니 오라버니도 사람이 맞네. 안 그래도 아닐 수도 있어서 다섯 번이나 재검사를 했어. 임신 맞아. 드디어 우리 오라버니도 아이의 아버지가 되네."

"그렇군."

"에, 그것뿐이야?"

무려 임신 소식을 들었음에도 대수롭지 않은 기색을 보이자 실비아가 실망감이 역력한 표정을 지었다. 다른 음흉한 속내가 느껴졌기에 티엘이 눈살을 찌푸렸다.

"그럼 다른 대답을 원했나?"

"뭐야, 이게. 난 좀 더 극적인 반응을 기대했는데."

"네 기대를 충족시켜 주지 못해 미안하구나."

"칫! 임신 소식으로도 잠깐 멈칫하는 게 전부라니."

"좋은 소식을 전해줘서 고맙다. 너도 임신한 몸이니 몸조리를 잘해야 되지 않나?"

"지금 입 다물고 조용히 돌아가라는 말을 좋게 말하는 거지?"

"알면 가도록."

"알았어! 이게 뭐야, 좋은 소식 가져온 동생을 대하는 태도가 아주 최악이야."

툴툴거리면서 밖으로 나가는 실비아였다. 그녀가 나가는 것을 확인한 티엘은 의자에 몸을 묻었다. 태연했던 표정과 달리 머릿속에는 온통 크레티아의 임신 소식이 맴돌고 있었다.

"내 아이라, 내 아이……."

가슴속에서 피어나는 뭉클하고도 따뜻한 감정. 이것이 무엇인가. 언제나 검을 수련하기 위해 가슴을 차갑게 식히던 티엘에게 낯선 감정이었다.

하지만 그것도 결코 나쁘지 않았다.

감정에 몸을 맡긴 티엘의 입가에 미소가 번졌다.

크레티아의 임신 소식은 가신들의 비리에 가라앉아 있던 가문에 활기를 불어 넣어주었다.

특히 원로 가신들은 이제야 후계 구도가 잡혀간다면서 안도했다.

그동안 아무런 소식이 없었기에 암암리에 티엘이 너무 높은 경지에 도달하면서 아이를 볼 수 없는 몸이 되었다는 말이 나올 정도였다.

임신 당사자인 크레티아에게 축하 인사가 밀려드는 것은 당연한 수순이었다.

"축하해."

"고마워요, 언니. 그리고 미안해요."

"아니야, 임신하지 못한 건 아쉽지만 언젠가 가능할 거라 믿고 있어. 아이를 낳으면 크레티아를 닮아서 아주 예쁠 것 같아."

"하긴, 날 닮으면 차기 제국사대미녀는 그 아이가 되겠죠. 아! 그런데 나는 남자아이를 낳고 싶은데."

남자아이라고 말하던 크레티아는 저도 모르게 로웰린의 눈치를 살폈다.

그녀는 다른 감정을 드러내지 않은 채 입가에 미소를 지어 보였다.

"그럼 아주 미남이 될 것 같아. 여자들의 마음을 울리겠는데."

"하긴, 그런데 성격은 날 닮았으면 좋겠어요."

"그렇지?"

"네, 헤헤! 정말 좋네요."

실없는 웃음을 흘리면서 배를 쓰다듬는 크레티아였다. 아직 임신 초기여서 뱃살 하나 나오지 않은 날씬한 몸이었지만 벌써부터 귀한 몸 취급을 받으면서 몸에 좋다는 온갖 보약이 줄지어 대기하는 중이었다.

그 광경을 바라보는 로웰린은 마냥 웃고만 있을 수 없었다.

뒤늦게 카롤리나가 들어오지 않았다면 어색한 분위기 속에서 대화를 나누게 될 뻔했다.

그녀는 임산부 몸에 좋다는 차를 선물로 건넨 뒤 아쉬움이 역력한 표정으로 중얼거렸다.

"축하해, 내가 가장 먼저 아이를 낳고 싶었는데 결혼도 하기 전에 먼저 임신을 했네."

"너한테는 질 수 없지."

"이걸 가지고 승부욕을 느끼는 거야?"

"먼저 결혼한 사람이니 임신도 먼저 해야겠다고 생각했을 뿐이야. 안 그러면 남편한테 사랑받지 못하는 것처럼 보이잖아?"

"너도 참, 그런 거에 승부욕을 느끼고."

"뭐, 그런 거지."

한참동안 수다를 떨던 카롤리나는 로웰린과 함께 방을 나섰다. 자신이 들어오고 나서 아무 말도 하지 않던 그녀를 빤히 바라보다가 입을 열었다.

"언니."

"응?"

"너무 섭섭하게 생각하지 마세요. 크레티아가 운이 좋았을 뿐이에요."

그녀가 무슨 의미로 그런 말을 하는지 알아차린 로웰린이 미소를 지어 보였다.

"섭섭하게 생각하지는 않아. 아쉬움이 없다면 거짓이겠지만 크레티아를 원망하는 마음은 아니거든. 크레티아는 결혼식을 올린 뒤 늘 나와 자신을 비교하면서 불안해했어. 이렇게 임신을 해서 마음을 풀었으니 나는 오히려 다행이라고 생각해."

"언니는 참, 너무 착하신 것 같아요."

"고마워. 하지만 나도 내가 얻을 건 얻고 다니니 마냥 착하다고 생각하지는 말아줘."

"그렇게도 하지 않으면 이상한 거죠. 어쨌든 언니가 아무렇지 않으셔서 다행이에요. 분위기가 이상해지면 어떻게 될까 생각했거든요."

"그러니?"

"네, 한결 마음이 놓여요."

카롤리나는 홀가분한 미소를 지으며 말했고, 로웰린도 담담히 미소를 지어 보일 뿐이었다. 그 후에 어떻게 하면 임신이 잘되는지 기혼자들이 알 만한 상식을 늘어놓던 카롤리나도 방으로 돌아갔다.

홀로 방에 도착한 로웰린은 눈을 감으면서 중얼거렸다.

"내가 왜 괜찮겠니."

"그러니까 이 부분은 주의하고, 알겠니?"

"알겠습니다."

크레티아의 임신 소식이 알려지고, 티엘은 마리아의 부름에 그녀의 방으로 향해야 했다. 그리고 이어지는 그녀의 말을 듣는 순간 벙찐 표정을 숨길 수 없었다.

마리아가 그에게 해준 이야기는 다름 아닌 임산부에게 주의해야 할 행동들에 관련된 것이었다. 그것뿐만 아니라 어떻게 하면 좋을지 적혀 있는 책을 차곡차곡 쌓아두기 시작했다. 그 숫자가 십여 권이 넘는 것을 보며 티엘은 저도 모르게 고개를 젓고 말았다.

"네 나이가 젊지만 가문 대대로 손이 귀했기에 가급적 아이를 많이 낳았으면 한단다. 후계 문제는 네가 어련히 알아서 잘 정하겠지만."

"예."

"그리고 로웰린에게도 잘해주고. 크레티아만 임신해서 상심했을 수도 있단다. 평소보다 좀 더 행동에 신경을 써주면 될 것 같아."

"주의하겠습니다."

임신 사실에만 초점을 두고, 로웰린이 어떤 심정일지 놓치고 있던 티엘은 고개를 끄덕였다. 자세히는 몰라도 그녀도 적잖이 마음이 상했을 터였다.

"그럼 공부도 많이 하고, 크레티아를 잘 보살펴 주려무나. 너도 이제 한 아이의 아버지가 될 테니."

"기대에 부응하겠습니다."

그 말을 끝으로 간신히 밖으로 나올 수 있었다. 한숨을 돌린 그는 로웰린이 상심하고 있을 거라던 마리아의 말을 떠올리고 그녀의 방으로 향했다.

예상치 못한 방문에 그녀는 놀라움을 감추지 못하며 그를 맞이하였다.

"크레티아만 임신해서 많이 상심했나?"

"아니요, 그렇지는 않아요."

눈을 동그랗게 뜬 채 고개를 저어 보이지만 티엘을 속일 수 없었다. 한구석에 뒤섞여 있는 아쉬움과 자책감 등이 그에게 그대로 읽혀들었다.

"많이 아쉽나 보군."

"……."

그 부분에 대해서는 아무 말도 하지 못하는 크레티아였다. 임신이란 게 어느 한쪽이 노력한다고 해서 되는 것이 아닌 것처럼 모든 종합적인 요소가 고려되어야 한다. 자신은 그 조건을 충족시키지 못했을 뿐이고, 크레티아는 맞아 떨어졌을 뿐이다.

"위로가 필요하면 얼마든지 찾아오도록. 이해는 못하더라도 같이는 있어줄 수 있으니."

자리에서 일어난 로웰린이 조용히 티엘의 품에 안겼다. 그녀를 안아주면서 그는 손으로 등을 부드럽게 쓸어주었다.

"고마워요."

"당연히 해야 할 일이다."

"앞으로 자주 찾아가서 귀찮게 해드릴게요. 데이트 신청도 하고, 함께 티타임도 즐기고."

"아아."

"이렇게 절 생각해 주신 것만으로도 기뻐요. 늘 무뚝뚝한 모습을 보여주시지만 이렇게 자상한 면을 발견하게 된 게 더 좋네요."

웰린은 투정을 부리듯 평소 하지 않던 말을 주저리주저리 늘어놓았다.

짤막한 티타임을 즐기고 난 뒤 방을 나선 그에게 마블론이 찾아왔다. 그의 표정은 생사대적을 만난 것처럼 잔뜩 굳어 있었다.

"주군, 나가보셔야 할 것 같습니다."

"왜지?"

"클레디오 백작이 찾아왔습니다. 그런데 그의 얼굴이 정상이 아니었습니다."

"비정상이라고?"

그 이유가 무엇인지 짐작한 티엘의 표정도 딱딱하게 굳었다. 그리고 마블론의 안내를 받아 도착한 곳은 연무장이었다.

자리에 주저앉아 눈을 감고 있던 그는 티엘이 도착하기 무섭게 눈을 뜨고 일어났다. 전과 비교해 깡말라 있는 모습에서 생기가 느껴지지 않았다.

"그, 그때 말했던 것. 블랙 드래곤에 대해 다시 듣고 싶다."

"블랙 드래곤이 유혹하나?"

강렬한 힘은 누구에게나 달콤한 유혹으로 다가올 수밖에 없었다. 지금 클레디오 백작의 초췌한 모습은 그 유혹을 견뎌 내기에 오는 정신적인 피로감으로 인해 만들어진 것이다.

　하지만 티엘의 말에 클레디오 백작은 고개를 저었다. 그리고 이어진 말은 충격적이었다.

　"블랙 드래곤은 이미 내 안에 있다."

　"그 말은……."

　"블랙 드래곤의 힘을 받아들이고 말았다."

　"……."

　클레디오 백작을 바라보는 티엘의 눈이 차갑게 가라앉았다.

『레드 크로니클』 8권에 계속…

백미가 新무협 판타지 소설

FANTASTIC ORIENTAL HEROES

천선지가

불의의 사고로 죽은 청년 이강
그를 기다린 것은 무림이었다!

어느 날
그에게 찾아온 운명,
천선지사.

각인 능력과 이 시대엔 알지 못한 지식으로
전생에서 이루지 못한 의원의 꿈을 이루다!

『천선지가』

하늘에 닿은 그의 행보가 시작된다!

FUSION FANTASTIC STORY

월문선 장편 소설

화려한 귀환

머나먼 이계의 끝에서
다시 돌아온 남자의 귀환기!

『화려한 귀환』

장점이라고는 없던 열등생으로 태어나,
학교에서 당하는 괴롭힘을 버티지 못하고
자살이라는 극단적인 선택을 하게 된 남자, 현성.

"돌아왔다…… 원래의 세계로!"

이계에서 죽음을 맞이하게 된 현성은
자신을 죽음으로 내몰았던 현실 세계로 돌아오게 된다!

고된 아픔들, 그리웠던 기억들.
모든 것을 되살리며 이제 다시 태어나리라!

좌절을 딛고 일어나 다시 돌아온
한 남자의 화려한 이야기!
이보다 더 화려한 귀환은 없다!

Book Publishing CHUNGEORAM

유행이 아닌 자유추구 -
WWW.chungeoram.com

FUSION FANTASTIC STORY
건(建) 장편 소설

컨트롤러

Controller

세상에게 당한 슬픔,
약자를 위해 정의가 되리라!

『컨트롤러』

부모님의 억울한 죽음.
더러운 세상에 희롱당해
무참히 희생당한 고통에 분노한다!

"독하게… 살아가리라!"

우연한 기회를 통해 받은 다른 차원의 힘.
억울함에 사무친 현성의 새로운 무기가 된다.

냉정한 이 세상을 한탄하며,
힘조차 없는 약자를 대변하고자
내가 새로운 정의로 나서겠다!

Book Publishing CHUNGEORAM